# 世界で一番美しい病気

中島らも

ハルキ文庫



角川春樹事務所

## FOREVER DRIVE

今夜は　まぶしいほどの　星空だ
タクシーに　転がり込んだら　どこへでも
ハイウェイが　この夜に　突きささるところまで

*Oh, Forever Drive
Oh, Forever Drive
Forever Ride Away

今夜もし　翼が生えたら　どうしよう
あの娘《こ》の　住んでない街なら　どこへでも
ハイウェイが　この夜に　突きぬけるところまで

（*くり返し）

中島らも

（1997年７月頃）

撮影＝樋口裕昭

世界で一番美しい病気◉目次

# I 初恋とほほ篇

## II

## 恋愛の行方《ゆくえ》

III

## 失恋むはは篇

# I

## 初恋とほほ篇

# よこしまな初恋

僕の初めての恋というのは、いわば「邪恋《じゃれん》」である。

比較的早熟だった僕は、小学四年生のときにその恋心らしきものを初めて女の子に抱いたが、それはほとばしるような「肉欲」をともなったものだった。ただ僕はセックスの何たるかをまだ知らなかったので、行き場のない情熱を胸にくすぶらせつつ、ただただ悶々《もんもん》としていたのである。

それにくらべると、その後の青年期の恋というのはまったく反対で、非常に清澄《せいちょう》で透明なものだった。想う気持ちが激しければ激しいほど、それは崇拝《すうはい》と自己犠牲のような感情へと昇華《しょうか》されていくのだった。そこでは肉欲の影が薄れていく。かりにそこでセックスがあっても、それはなにか階段を上っていくための通過儀礼のような感じで、多分に儀式的なものなのだった。

だから、子供の頃の初恋が「邪恋」で、大人になってからの恋が「純愛」だという、この倒立《とうりつ》した関係は、僕にはとても面白く思われるのだ。

四年生のときに、尼崎《あまがさき》市の学校から神戸市の小学校へ転校した。緊張していたので、その頃のことは鮮明に覚えている。編入したクラスではKさんという女の子が級長をしていた。聡明《そうめい》そうな顔つきの子で、表情もいきいきとして可愛《かわい》かった。

転校して初めての体育の時間に、フォークダンスのようなことをやらされた。四十数人の生徒が、いくつかの輪にわかれて、ステップを踏みつつクルクルまわるのである。

僕のいる輪の中にKさんもいて、しかも僕の真正面に位置していた。僕はなんとなくうれしくて、この気持ちは何だろう、と不思議に思った。

今はどうなのか知らないが、その頃の女の子の体操服というのはブルマーである。かのブルマー夫人が考案したという、いわゆる「ちょうちんブルマー」なのだ。

そのブルマー姿の女の子たちと輪をなしてまわっているうちに、僕はおかしなことに気づいた。他の女の子たちはみんな股下《またした》数センチくらいのところまでブルマーを引き上げてはいているのに、Kさんだけが異常に下のほうまでブルマーを引き下げているのである。Kさんは腿《もも》の半ばくらいまでをブルマーでおおい隠しているのだった。僕は何か違和感を覚えて考え込んだ。

「Kさんはどうしてあんなにブルマーを引き下げてるんやろう。ものすごく極端な恥ずかしがりなんで、脚を見せるのが恥ずかしいのだろうか。あるいは、腿の上のほうに、何か見せたくないものがあるのかもしれないな。アザとかヤケドの痕《あと》とか。あるいは……」

僕は、とんでもない想像をしてしまった。Kさんの脚の形が、ブルマーの形そのままに、脚の半ばから上がぽっこりふくらんでいるところを思い描いてしまったのだ。発想が飛躍してしまう癖は、どうもこの頃からのもののようだ。

さて、体育の時間が終わった。ゾロゾロと教室へ帰っていく途中のこと。僕の前をKさんとAさんという女の子が歩いていた。

Aさんは僕のほうをチラッチラッと見ながら、聞こえよがしにKさんに言った。

「中島くんってね、踊ってる間、ずっとKさんの脚ばっかり見てたのよ」

僕はギョッとした。そういえば、体育の間中、僕はあれこれ考えながら、Kさんの脚ばっかりを注視していた気がする。

その告げ口を聞いたKさんは、僕のほうを振り返ると、僕の顔をジッと見て、少し恥ずかしそうに笑いながら、

「……エッチ」

と言った。

まさにこの瞬間、僕はガーンと初恋にやられてしまったのである。しかも、「エッチ」で始まった恋だから、邪恋になってしまうのも仕方がないかもしれない。

うんと引きおろされた、Kさんのブルマーの中身をあれこれ想像しているうちに、僕はなんだか熱っぽくなってしまった。おそらくは性の目覚めがこの頃から起こったのだろう。毎日学校へ行ってKさんの顔を見るのが無上の喜びにな

った。

その一方で、僕は性のことをいろいろと探り始めていた。だから僕の国語辞典は、「せ」の項目のところだけに手垢《てあか》の黒い筋《すじ》がついてしまった。「生殖」「性器」「性交」「セックス」と、「せ」の項はエッチの宝庫なのである。

大人になってから男友だちと話していると、みんな似たようなことをしていたらしい。辞典だの『家庭の医学』だのを、親が市場へ行っている間にこっそりと盗み読みするのである。「性器」といった「単語」だけを見て、それでけっこう興奮していたのだから、可愛いといえば可愛い。

そうやって性の知識をたくわえていきつつも、そこはそれ、子供の社会である。日常の行動の中に、そうしたことが関与してくるわけではない。先生の手前もあって、きわめて無邪気をよそおっている。中でも悪がしこいガキであった僕は優等生を演じていたので、例の「スカートめくり」などもいっさいしなかった。内心ではKさんの太腿《ふともも》上部の謎《なぞ》を、見たくて見たくてカッカしていたのだが、そんなことはおくびにも出さない。Kさんと遊ぶにしても、ドッヂボールだの鬼ごっこだの、まことに頑是《がんぜ》ない遊びをつむいでいるにすぎなかった。

ただ、ある日、その偽装された無邪気さが破られるときがきた。

その日、僕とKさんは鬼ごっこのようなことをして遊んでいたのだと思うが、何かの拍子に僕がKさんを口でからかって怒らせてしまった。負けん気の強いKさんは、僕の腕をつかむと、掌《て》の親指のつけねのあたりに思いっきり嚙《か》みついた。

折しもそのとき、授業開始のベルが鳴って、Kさんは僕にアカンベをしながら校舎に駆け込んでいった。

残された僕は、Kさんに嚙みつかれた、自分のてのひらをジッと見つめた。そこにはくっきりとKさんの前歯の痕が残り、そのくぼみにKさんの唾液《だえき》が少しだけついていた。

僕はしばらくためらった後、そのKさんの残した嚙み痕にブチュッと吸いついた。

今考えると、これではまるで「ノートルダムの〜男」か、ブレーキの壊れた「無法松《むほうまつ》」ではないか。

初恋が邪恋であったというのも、今となってはおかしいけれど、今でもKさんは昔の少女の姿のままで夢に出てくることがある。よこしまななりに、想いは深かったのだろう。

# 人はいつイクべきか⁉

先日、某誌の企画で「プロジェクトC」娘のまついなつき嬢に突撃取材を受け、ついあられもないことを口走ってしまった。

「初めてのオーガスムス」についてである。

僕の場合、それは小学校一年の算数の授業中におこった。

足し算のテストをやっていたのだが、担任の先生が時計を見て、

「はい、あと五分ですよ」

と言ったとき、僕の答案用紙はほぼ半分が白紙の状態だった。

僕はアセった。アセッてアセッて身もだえしているうちに、何か全身がフウーッと浮いていくような気持ちになり、下半身と頭の中で何か白い光が炸裂《さくれつ》したような感じがして、イッてしまったのだった。

もちろん、まだ七つだったので出るものは出ないが、そのときのオーガスムスの強烈さというのは今の比ではなかった。

なんせ僕は、それ以来、「あれ」がくるのを待って、テストがあるたびに、わざと答えを書かずに待機するようになってしまったのだ。

当然、成績はガタガタで、親なども「そういう目」で僕を見ていたような気がする。

木の枝にまたがってまっ赤な顔をして、とか、学校の階段の手すりにまたがって滑《すべ》っているうちに、とかいう話をよく耳にする。しかし、足し算のテスト中などというのは、まあ僕だけだろうと思っていたが、野坂昭如《のさかあきゆき》氏のエッセイに、まったく同じ体験談がのっているのを見て、ホッとしたような、悔《くや》しいような思いをしたことがある。

本格的な精通というのは、それから五年ほど後に、いわゆる夢精《むせい》の形で訪れた。

ふとプールサイドを見ると、いしだあゆみが全裸で腰かけているではないか。

（これはかなり古い話なので、「ブルー・ライト・ヨコハマ」を出す前の、ポチャポチャしていたいしだあゆみである）僕はドキドキして、そおっと近くまで泳いでいくと、プールのへりから顔を出して、しどけなく開かれたいしだあゆみの腿《もも》の奥に目をやった。

見たとたんにイッてしまった。

ただし、その頃の僕は女性のものを見たことがない。夢の中のいしだあゆみのソレは、穴が八つあってリボルバーの弾倉のようになっていたのだった。

# 島原の乱

麻薬、酒と追求したもののことごとく失敗の憂き目を見た我々丸坊主軍団はそれでも懲りるということを知らなかった。

我々の次なる目標は当然「エッチ」であった。

おりもおり、修学旅行の季節がめぐってきた。いさぎよく決行し、花と散る覚悟を決めた我々は、その場所を島原と決めた。

なぜ島原なのかはわからない。島原の人が聞いたらさぞ怒るだろう。何の根拠も情報もないのだが、とにかく島原なんであった。

夕方の日のあるうちに、僕とAは観光旅館の近辺をくまなく調査して歩いた。みやげもの屋などの一画にまぎれて何となく怪しげな小料理屋、バーなどが集まった通りがあった。

「ここやな……」

「うん、これは絶対なにかあるな」

エッチは今や我々丸坊主軍団の目と鼻の先にあり、妖《あや》しげな香りを放っているのであった。

我々はいったん旅館に帰って夕飯をすませた。それからわざわざ持参した「大人用の服」に着がえる。オヤジの背広か何かである。

困ったのはやはりこの丸坊主アタマだ。かしこい僕は鳥打ち帽を用意していた。ふとAを見ると、Aはやや伸びかけた五分刈りアタマに一生懸命ポマードをぬって、七・三に分けようとしているではないか。

ブカブカの背広に鳥打ち帽。丸坊主を七・三に分けたこの奇妙な二人組は、ロビーで張っている教師どものスキをついて島原の町へくり出した。

さきほどの通りに行くと、昼間みたのとは大違いで、赤い灯《ひ》青い灯がギラギラ輝いている。

その中で一番ハデだったのはどんづまりにあるキャバレーで、ピンクや紫のネオンがいかにも「エッチ」そうだった。

僕とAはコチコチに緊張しつつその店に入った。

「岸壁の母」みたいな人が二人きて我々の横にすわり、ややけげんそうに我々を見た。なんせ丸刈りの七・三なんである。

「ね、どっからきたの」

「こ、神戸でっす」

「ホテルはどこ?」

「あの……いや……ちょっと」

「あら、あんたいい時計ね。ちょっと見せて」

言われたAは手をパッと背中にひっこめた。「とられる」と思ったんだそうである。

結局僕らのエッチはかなわず、入店六分で逃げ出したのだった。

# 石部金吉くんの恋1

少年時代の僕は、まわりの友人からは「硬派」だという見方をされていたようだ。

僕たちフーテンのたまり場には、もちろん女の子たちもやってくる。いわゆる「不良少女」と呼ばれる子供たちである。男女共学の高校の子は少なくて、圧倒的に私立の女子高の、それも「お嬢さん学校」といわれている学校の生徒が多く、中には中学生もいた。

この年ごろの子は男も女も背伸びのし合いであるから、酒を飲んだりたばこを吸ったり睡眠薬やシンナーでラリったり、「不純異性交遊」にはげんだり、ということを一生懸命にやる。親とはもちろん毎日のようにケンカで、家にいるのがどんどんつらくなり、同じような境遇の仲間とはますます固く結ばれる。そして、その関係に対して社会からは「絞り込み」の力が加えられる。もう「いい子」にはもどれないし、もどる気もない、という酸《す》っぱい哀《かな》しみが夜遊びに拍車をかけるのである。そういうわけで、どこかにぱっくり傷口をあけた女の子と男の子が、吹き寄せられるようにジャズ喫茶にたまるのだから、当然あちらこちらでカップルが誕生する。そんな中で、僕は女の子たちとほとんど口をきかなかった。何か話しかけられても、必要最小限の返事をそっけなくするだけなので、女の子たちは僕を遠ざけ、友人たちは「あいつは堅物《かたぶつ》だから」と僕のことを説明した。

ほんとうのところを言うと、僕は「堅物」なのではなく、「堅くなって」いただけなのである。もともとが人見知りのきつい性格なのだが、それが男子校に行ったもので、女の人というと、母親と学校食堂のおばさんくらいしか知らない。そこへ急に十五、六歳のまぶしいような女の子が目の前にくるのだから、緊張しているとかそういう次元ではない。全身ほぼ硬直状態になってカッチカチにあがってしまっているのである。あいさつくらいはかろうじてできるのだが、それ以上何かを無理して言うと、とんでもないすっとんきょうなことを言ってしまいそうで、恐《こわ》くて口がきけない。

女の子のほんとうの実態というものを知らない僕の中では、女性の存在は観念的にくっきりと「聖女」と「娼婦《しょうふ》」の二極に分かれてしまっていた。中間がないのだ。そして目の前に見る少女たちはもちろんのこと「聖女」であり、世間からは不良と呼ばれていても、それは世の大人の目が薄汚なくよどんでいるからなのだった。聖女たちを前にして僕は「超堅物」の青春を過ごしてしまった。現実に目ざめたときには、もう中年になっていたのである。

# 石部金吉くんの恋2

高校二年の夏休みに、僕は突如として恋に襲われた。それは恋におちるという言い方では不適当で、まさに「襲われた」という表現が正しいくらいに、不意討《ふいう》ちをくらわされた感じがあった。相手は友人のいとこの女の子である。「ペコちゃん」とその子は呼ばれていた。

学校で友人が昼休みに写真を何枚か手にしてながめているので、「何の写真?」とたずねると、芦屋《あしや》の浜で水上スキーをしたときの写真なのだ、という答えだった。水上スキーとは、いかにも金持ちの息子らしい話で、自分とはずいぶん縁のない世界だな、と思ってその写真を見ていると、中に一枚、ぷっくりした丸顔の女の子が水上スキーをしながら手を振っている写真があった。

「これ、誰?」

「あ。それはいとこのペコちゃん」

「ふうん」

この瞬間、僕は不意をつかれたのである。それからどうも自分の様子がただごとではなくなってしまった。夜、なかなか眠れない。心の中で「ペコちゃん」とつぶやくと、急に心臓が異常にドキドキしだして、このまま心臓発作で死んでしまうのではないか、という気がする。そうか、よく本に出てくる「恋」とか「恋わずらい」というのはこれのことなのか、と納得がいったのだが、喜んでいる場合ではなくて、本人は熱に浮かされたようになって、身のまわりのことの何ひとつ手につかないのである。

それからの僕は、恥も外聞も忘れて、その友人にぐっ、ぐっ、と近づいていった。何とかいとこの「ペコちゃん」に会いたかったからである。そういう努力が実って、ある日ついに「ペコちゃん」に会うことができた。想像どおりに明るくてかわいい子なのだが、いかんせん僕のほうが完全に全身硬直をおこしてしまって、まったく口がきけなくなってしまった。その後、「ペコちゃん」には何度か会う機会があったが、そのたびに僕は「カチカチの硬派」になってしまうので、口もあまりきかないままに終わってしまった。

何年か前、その友人と久しぶりに芦屋の喫茶店で会って話をしていたら、ガラス張りの店の前を、子供を二人連れた女の人が通った。通りながら、その友人に向かって笑顔で手を振っている。「知り合い？」とたずねると、友人は「知っているだろ？　いとこのペコちゃんだよ」と答えた。僕はまた不意をつかれたように口をぽかんとあけて「へぇ……」と言った。

# 筆談のこと

ジャズ喫茶というのは自閉気味の少年少女には都合のいいところで、大音量でソニー・ロリンズだのセシル・テーラーだのがガンガン鳴っているのでお互いに話をしなくてもすむ。

最近でいうと、喫茶店にきた若い男女がお互いにろくに話もせずにマンガをむさぼり読んでいる光景を不思議そうに見る大人がいるが、そういったもののはしりだったのかもしれない。

時代自体が七〇年安保の後で、一種の敗北感を若者たちが引きずっていたころだ。そんなアパシー（無感動）の状態に、ジャズやジャズ喫茶の暗やみは似合っていたのかもしれない。

ただ、十八やそこいらのヤンチャ盛りだった僕らには、ジャズの持つアンニュイなんかはしょせん付け焼き刃のポーズでしかなくて、ほんとうは友人たちとバカ話をして笑い転げるほうが性《しょう》に合っていたようだ。

そこで、ずいぶん困ったのがジャズの大音量である。意を通じようと思えば、JBLのスピーカーに負けないくらいのドラ声を張り上げねばならない。

ある日、そうやって大声をはりあげて下ネタ話をしていたところ、それまでガンガン鳴っていたウエザー・リポートの曲が、急にパタッと唐突な終わり方をした。

一瞬、不意討ちをくらったような静けさの中に、友人の大声が響きわたった。

「ウンコがっ！」

店中の視線がそいつのまわりに集まり、お盆でコーヒーを運んでいたマスターから、むずかしそうな本に赤線をひいていた学生から、赤毛の不良女学生まで、店中の全員が大爆笑となった。

それから我々の間では「筆談」が、コミュニケーションの常とう手段になった。

そのころまわし合っていた大学ノートは今でも残っているが、まあ下ネタのオンパレードで、とても人様にお見せできるようなものではない。

ただ、筆談というのは口では言えない下ネタができるだけでなく、気恥ずかしくて口にできないボキャブラリーをも使える利点がある。

当時のノートのどこかには、当時十八だった僕の「愛してます」という文字が残っているはずだ。

## チョコと鼻血

コーノがゆっくりと机のひきだしをあけると、そこには色とりどりのチョコレートがびっしりと詰まっていた。

「これ、みんな女の子から?」

僕が目を丸くしてたずねると、コーノは唇のはしっこをキュッと吊《つ》りあげて笑い、

「男からもらってどうすんだよ」

と答えた。

コーノは大学の同級生なのだが、当時は「万札のコーノ」の異名をとっていた。金満家《きんまんか》の息子で、いつどんなときでも必ず一万円札を何枚か胸ポケットに忍ばせているという、たいへんにヤな奴《やつ》だった。

世の中というのは不公平なもので、こういうのに限ってルックスもよくて女の子にバカもてしたりするんである。

「こんなにチョコレートばっかりもらってもなあ。食べきれるもんじゃないし」

そういってコーノはフイッと横をむき、「……はは」と笑った。僕はムカムカしてきた。集めて溶かして、ありがたぁい鐘《かね》でも鋳造《ちゅうぞう》して、一生それをたたいて暮らしたらどうや、と言いかけてから気がかわった。

「おい、このチョコレート、余ってるんやったら全部おれにくれへんか」

「それはいいけど、どうするの」

「ドガキナイのとこにもっていくんや」

「ふうん。それ、面白そうだな」

ドガキナイはやはり大学の友人で九州の田舎から出てきて下宿生活をしていた。

こいつはコーノとは対照的で、赤貧《せきひん》洗うがごとき苦学生なのだった。月末の仕送り前になるとほとんど餓死《がし》寸前になって四畳半の畳の上でピクッピクッとケイレンしたりしているような男である。おまけにデブだった。食えるときに食えるだけのデンプンを貯め食《たぐ》いするという食生活のせいで、青白く水ぶとりしていた。

おまけにアホで分数ができないうえにタラコ唇で水虫の持ち主だった。田舎では年に一度の夏祭りの日に駅前に「中華そば」の屋台が出るのを自転車に乗って食いに行くのが唯一の楽しみ、という生活をしてきた男だった。

僕らはドガキナイのことを「八十童貞」と呼んでいた。八十くらいまで女の子に縁がなくて、八十歳のある日の初体験で興奮のあまり腹上死《ふくじょうし》する。そういう運命なのだといってはからかった。

ドガキナイにチョコレートをもっていってやろうと思いついたのは何も彼の食生活を援助しようという仏心からではない。もてないドガキナイにバレンタインのチョコをひけらかして、

「ヤーイヤーイ、八十童貞」

といってくやしがらせようという腹である。

下宿の部屋に行くと、ドガキナイは畳の上でピクッピクッとケイレンしつつ餓《が》死《し》を楽しんでいた。

何十枚というチョコレートを枕元《まくらもと》にばらまいてやると彼はそのチョコと僕らの顔を交互に見てから、

「すごいのう。パチンコか?」

と尋ねた。

「こりゃうまいのう。お前ら何で食わん」

と言いながらドガキナイはたちまちのうちに三、四枚をたいらげた。

それを見ながら僕とコーノは段々と尻《しり》のすわりが悪くなってモジモジしだした。ドガキナイは明らかにバレンタインデーというものがこの世にあること、そしてそれが何であるかを知らないのだった。

ドガキナイがあんまりうれしそうにチョコを食べるので、そのぶん余計に我々は申し訳ない気になってくるのだった。できれば世界中からバレンタインの広告や記事を彼の目にふれないように隠してしまいたかった。

ドガキナイの鼻血を見る前に我々はうなだれた気持ちでその部屋を退散した。

そのせいか、勝手な話だが今でも「義理チョコ」を見ると腹が立つ。

女の子は、チョコを渡す以上「ベッドをご一緒します」くらいの気合いでやってほしいものだ。でないと世の全《すべ》てのドガキナイが変に苦しむことになってしまうからだ。

# 愛の計量化について

「エネルギー不変の法則」というものがある。この宇宙内にあるエネルギーの総量は常に一定であって、それ以上に増えもしなければ減りもしないというあの法則である。この法則は古来からの「万物流転《ばんぶつるてん》」であるとか「諸行無常《しょぎょうむじょう》」であるとかの思想にある種のお墨《すみ》つきを与えた感がある。つまり世の森羅万象《しんらばんしょう》は本質的には何ら変わるものではないけれども、その相はひとときとして同じに留《とど》まることは決してなく、常に移ろい変わっていくのだという世界観にこの「エネルギー不変の法則」がサイドからうまく説明をつけてくれる。

ところで、ここで誰もが気になるのは、では我々の内宇宙、心の中のエネルギーはどうなのだろう、ということである。女の子がよく自分の恋人にむかって、

「どのくらい私を愛してる？」

というような難問を投げかけることがある。相手の男は締《し》まりのない顔をさらにホタホタに緩めて短い両腕をいっぱいに開き、

「こーんな、こーんなにだよ」

みたいなことを言って、その瞬間にゴキッといやな音がして肩関節が脱臼《だっきゅう》したりするのは日常茶飯の光景……でもないか。

我々の心の中では憎《にく》しみが愛情に変わったり、あるいはその逆であったりの変化が時々《じじ》刻々《こっこく》と起こっている。その意味では万物流転の相がある。ではその愛憎の本質である心的エネルギーのようなものは定量であって不変のものなのだろうか。愛情には限界量というものがあるのだろうか。あるとすれば「どのくらい愛してる?」という質問はナンセンスではなく、愛は計量化できるのだろうか。その場合、そういった心的エネルギーの総量は肺活量と同じように個体差のあるものなのだろうか。

僕の個人的な意見としては、どうもこのエネルギーの総量には歴然とした個人差があるような気がする。どうしてこんな愚《ぐ》にもつかないことを考えているのかというと、ケニアに住んでいるアルファント・オグエラさんという老人のことを

新聞記事で見て非常に驚いたことがきっかけになっている。今年の七月某日の朝日新聞の記事なのだが、このアルファント・オグエラさんはケニア西部のビクトリア湖近くで広大な農場を経営している六十九歳の男性である。オグエラさんはこの年になるまでに全部で百二十六回結婚し、八十五人と離婚している。計算が合わないが、オグエラさんが属すケニアのルオ族という部族では重婚が昔からの風習なのである。つまり、オグエラさんは現在四十一人の妻たちと一緒に暮らしているのだ。当然のことだが今までに設けた子供の数というものも想像を絶するものである。全部で四百九十七人の子供がいる。これは、生まれた子の数ではなくて、「育った」子の数なのだ。成人して結婚した子供もたくさんいるので、孫は現在百八十五人になる。つまりオグエラさんは本人を含めて「七百二十四人家族」の家長なのである。オグエラさんは毎朝、母屋《おもや》に妻たちを集めて「朝礼」をするのを習わしにしている。その場で妻たちの不満などを聞き、最長老格の妻と二人でこの種々の問題に解決を与えていくのだそうだ。オグエラさんはこの妻たちについて、

「家庭の平和を守っていくのはやっかいなことだが、わしはみんなを平等に愛し

ているよ」と語っている。また、オグエラさんにとっては結婚というものは「酒好きにとってのビールのようなもの」だという。

「一本飲んだらまた一本と、つい手が出てしまう」

のだそうである。

まことにあいた口がふさがらない、としか言いようのない話だが、誤解のないようにひとことケニア人になりかわって申しそえておく。ケニアの人がみんなこうなのではない。たしかにこのルオ族は一夫多妻制を良しとする民族ではあるが、最近では経済的な理由などから、普通の人はなかなか二人目の妻を迎えることができないでいる。オグエラさんのような「かいしょ持ち」はケニアでも珍しい存在なので、地元の新聞も驚いて取り上げたからこのニュースが日本にまで伝わってきたのである。

しかし、経済的なことはひとまず置いておくとしても、オグエラさんのこのケタはずれの受容量はとても人間のものとは思えない。オットセイの王さまでもオグエラさんの前では顔色《がんしょく》がないにちがいない。

オグエラさんは「わしはみんなを平等に愛しているよ」と言っておられるが、

これはまあ秩序を維持していくための政治的発言であろう。話半分として聞いておいたほうがいい。ただ、かりに半分だとしたところでそれでもオグエラさんは二十人くらいに相当する女性に対して愛情を注ぎ込んでいることになる。このエネルギーの総和というものは、我々常人の想像の範囲を越えた量であると思われる。かりにこの巨大なエネルギーを、もし一人の妻に対して全部注ぎ込んだなら、その女性はおそらく過大な愛情のために死んでしまうか発狂してしまうかするのではないだろうか。愛情の量に個体差がある、と言ったのはこのことである。ただし、こんな超人的な愛情の量を持つことが、はたして幸せなのかどうかは僕にはわからない。オグエラさんはたまたま父親から広大な農場を相続するという幸運な星の下に生まれたからよかったようなものの、これがもし妻一人も養いかねるような貧しい境遇にあることを余儀なくされていたならどうだったろう。今度は逆にオグエラさんのほうが行き場のない愛情のために膨《ふく》れあがって破裂してしまっていたのではないだろうか。そういうことを考えると、我々のような凡人の持つエネルギー量がいちばん妥当なところなのかもしれない。ところで僕自身の愛情の保持量はどれくらいかというと、まあたいしたことはない。ほんの十人力《りき》くらいのものである。収入は人並みである。つらい。

# 性の地動説

セックスというのが具体的にどういう行為であるかを知ったのは、たしか小学校の六年生の頃だったと思う。これが早いのか遅いのかは知らないが、少くともその時点で、四十数人いた同級生たちのうちのほとんど全員が明確な知識を持っていなかったのはたしかなのだ。セックスに関する驚くべき事実を最初に情報としてもたらしたのは、クラスの中でも早熟で「エッチ」な子で通っていた松野《まつの》君だった。彼は初冬のある朝、興奮した面持ちで教室に駆け込んできて、

「わかった。わかったぞぉ！」

と叫んだのだった。彼はその前の夜、父親の蔵書の中から石原慎太郎《いしはらしんたろう》の本を引っ張り出して読んでいるうちに、この衝激的な事実を発見したのだった。松野君は、動かぬ証拠としての石原慎太郎の本をランドセルの中に忍ばせて来ていた。子供

たちは輪になって松野君を取り囲み、問題の頁《ページ》が開かれるのを息を止めて見守った。そして、そこには今まで僕たちが見聞きしていた「肉体関係を結ぶ」だの「体を合わせる」だの「抱く」だの「寝る」だのの文学的抽象的表現はなくて、「陰茎《いんけい》を膣《ちつ》に挿入《そうにゅう》する」ということがはっきりと書かれていた。子供たちはみんな一様《いちよう》にショックを受けたようだった。一瞬の沈黙が通り過ぎたあとに、けんけんごうごうの大論議が始まった。まず最初に出た意見は、「これは嘘《うそ》だ」というものだった。たとえば小説や映画の中では忍術や魔法やSFなどに超常的現象がたくさん出てくるが、現実にはそんなことは起こらない。それと同じで、この石原慎太郎の書いていることは、想像力が生みだした小説上のフィクションだという説である。なぜならば、そんなえげつないことを人間がするわけがない。おしっこをするところにそんなものがはいるわけがない。そんなことをしたら相手の女の人は血が出て死んでしまうにちがいない、というのである。この意見には多くの子がうなずいた。一人、中世の地動説に近いような説を持ち込んだ松野君はたいへんな苦況《くきょう》に立たされたのである。必死になって論駁《ろんばく》しようとするのだが、いかんせん松野君が握っている証拠はこの石原慎太郎の本一冊だけである。自説を証明するには決定的にデータが欠けているのだった。

ところが、ここに一人、それまで黙って聞いていたが、松野君の窮地を見て助け舟を出した少年がいた。玉置《たまき》君である。玉置君は市場の食料品屋の子供なのだが、店の裏地で何頭もの雑種の犬を飼っていた。玉置君が言うには、犬というのは確かにそういうことをすることがある。つながったままで情《なさけ》なさそうな顔をしているところを玉置君は何度も目にした。犬がそういうことをする以上、同じ動物である人間がしても別におかしくはないのではないか、というのが玉置君の意見だった。これには「天動説」派の大多数がたじたじとなった。それでも中には「人間は万物の長であって、犬と同じレベルで考えるのはまちがっている」と、強固に自説を曲げないものもいた。

こういう対立関係が生じたときの常として、次に「中立派」があらわれた。この中立派の意見というのはこうである。

「やはりセックスというのはそういうことをさしているのではないだろうか。ただし、我々のうちの誰一人として今までそれを知らなかった。ということは、つまり日常生活の中で目撃したことがないからである。ということは、人間のセックスというのは、確かにあることはあるのだが、極めて特殊な行為であって、非常に稀《まれ》にしか行われないのに違いない。特殊な人間が特殊な環境に置かれた場合のみに発生することで、現実にはほぼ無いと言っていいくらいの椿事《ちんじ》なのではないだろうか」

この中立派の説はおおいにみんなを納得させた。この説の持つ強烈な説得力の大きな拠《よ》りどころとなったのは、

「自分たちのお父さんやお母さんがそんなことをしているわけがない」

という部分であった。これには全員、ほっと救われたような気持ちになった。あのこわい口やかましい、あるいは上品で優しい自分たちの父親や母親がそういうことをしている状況というのはとても想像できない。それに親だけではない、担任の島田《しまだ》先生や校長先生や塾の先生なども、そういうことをするような人だとは思われない。そういうえげつないことをするのは、自分たち子供が会ったこともないような、常軌を逸した大人なのに違いない。そうだそうだ。この説には、問題提起の当人である松野君さえもおおいに納得し、討論はめでたくお開きになったのであった。

しかし、この中にまだ釈然とせずに首をかしげている子供が二人いた。僕と僕の親友の長井《ながい》君である。僕たち二人はクラスの中では体も大きく、性的にも熟してきつつある年頃だった。僕と長井君にはすでにはっきりとした性欲があり、そのもやもやとした欲望をどういう形で噴出させればよいのかがわからずお互いに困っていた。そのときはもうすでに二人とも原始的な形での自慰は知っていたが、それが最終的なエッチの到達点だとは思えなかった。僕たちは早熟な同士、お互いに気心を許し合ってエッチな話ばかりしていたが、欲望の表現の仕方が微妙なところで食い違っていた。たとえば僕たちは二人とも副級長の市村《いちむら》さんが好きだったが、ではもし市村さんに対して一番エッチなことをしても許される状況があったとして、何をするか。この問いに対する長井君の見解は、

「市村さんを裸にして柱にくくりつけ、太腿《ふともも》を下敷きでピシャピシャ叩《たた》く」

というものだった。僕の見解はそんな生易《なまやさ》しいものではなくて、「市村さんの一番エッチな部分にキスをする」というものだった。つまり、二人ともセックスの何たるかを知らなかったので、妄想《もうそう》の形が違ったのである。ところが、ここに最終の形として「松野理論」を導入すると、今まで疑問に感じていたことの全《すべ》てに

ついて納得がいくではないか。僕と長井君のついに一致を見た結論は、「死ぬまでに一回でいいからしてみたい」ということだった。その願いがかなうまでには、まだまだずいぶん長い時間を乗り越えねばならなかったけれど……。

# 出会いと別れについて

山岸涼子《やまぎしりょうこ》さんの漫画だったと思う。タイトルは忘れた。海沿いの閑居《かんきょ》にひっそりと暮らしている美しい未亡人がいて、たまたまそこを訪れた若い主人公に、〝あなたのような美しい人が、どうしてこんな人里離れたところに引き籠《こも》って暮らしているのか〟とたずねられる。その人が微笑《ほほえ》んで答えるのに、

「人と出会いますと、それだけ哀《かな》しみが増しますから……」

この言葉が心に残っているのは、そのとき僕が苦しい恋をしていたからだと思う。恋愛は人を高みへと押し上げるが、その高さはそこからすべてのものが見おろせてしまうような冷酷《れいこく》な高さでもある。この世のものならぬ至福の中に自分があればあるほど、いつかそのめまいに似た幸福に終わりがくるであろう予感も確固たるものになってくる。始まらなければ終わることもないが、恋愛という音楽

が鳴り始めてしまった以上、そこには必ず終わりがくる。永遠にそれが響き続けることはない。

きたるべきその終楽章《カデンツァ》は、ふたつの和音のうちのどちらかひとつの形態を必ずひとつ選ぶ。つまり、「生き別れ」か「死に別れ」である。このことは、時代が変わり、人が変わるたびにさまざまな表現で言いあらわされるけれど、本質はすべて同じことである。「生者必滅《しょうじゃひつめつ》、会者定離《えしゃじょうり》」「会うは別れの始めなり」「君よ盃《さかずき》受けとくれ、どうぞなみなみつがせておくれ、花に嵐《あらし》のたとえもあるさ、サヨナラだけが人生」なのだ。

一人の現実の人間に出会って、しかもその人と恋におちることは、考えてみれば奇跡のようなことである。万物が流転《るてん》して刻一刻《こくいっこく》と相を変えていく。その金や銀やの無数の糸が絡《から》み合い風に揺れていくうねりの中で、ほんの一瞬の偶然でそこに現出したのが彼女の姿であり、次の瞬間にはもうその姿はない。その一瞬の奇跡と、同じく偶然の幻影《げんえい》にすぎない自分とが出会って愛し合うのである。それは安定した永劫《えいごう》の「無」の中にあってはほんの一瞬の、おそらくは何かの手ちがいによって引き起こされた「有」の出現であろう。いわば、「不可能」と「不可能」との稀有《けう》な出会いが恋というものなのだ。

その光芒《こうぼう》が激しければ激しいほど、待ち受ける闇《やみ》は深いものになる。一度でもその闇の深さを垣間《かいま》見《み》た者は、もう一度それを見ることを峻拒《しゅんきょ》するにちがいない。だから生涯で二度目の恋に心ならずもおちいってしまっていた僕には、この山岸涼子さんの漫画の中のセリフがもろに奥まではいってしまったのだろう。「人に会えば哀しみが増しますから」というのはよくわかる。それを避《さ》けるためにあえて孤独のほうを選ぶのは、むしろ血の熱い人間こそが選ぶ生き方だとも思う。

僕は今、三十六歳になるが、恋愛に限らずとも、人との新しい出会いはなるべく避けたい。そんな気持ちが徐々に濃くなっていきつつある。年若いうちは、対人恐怖症気味であったにもかかわらず、それを乗り越えてでも新しい出会いを求める気持ちが強かった。しかし、現実に何人もの近しい人を病気や事故や自殺で失っていくと、「出会い」に対してポジティブな感情を持つことができにくくなってくる。「会うは別れの始めなり」ということが、ものの道理としてではなく、自分の感情や痛みの感覚においてわかってくるからだ。

「失う側」としての痛覚がわかってくると、今度は逆に「失われる側」としての自分の存在について考え始める。その結果、〃生きているうちに、あまり人から愛されるような存在であってはいけない〃のではないか、と妙なことを最近考えてしまう。たとえば僕が死んだときに、残された者の側が、

「ああ。あの人はいつもあんなにニコニコしてうれしそうにお酒を飲んでいた。あのとき、止めたりせずにもっと飲ませてあげればよかった」

などということがあると、その人はいたたまれないにちがいない。だからできるだけつまらなそうに生きて、「ほんとにあの人は何が楽しみで生きてたんでしょうね」と、お通夜《つや》が悪口で盛り上がるような、そういうイヤなおっさんになりたいものである。

# 私が一番モテた日

男が寄ってヨタ話をしているうちに、どうかすると、自分がモテるの、モテないのという話になることがある。そんなときに、自分は果《はた》してモテるのかモテないのかと考えてみるのだが、どうもいけないことには、「モテる」というのがどういう状態をさしているのか一向に釈然としない。ということはつまり、今までモテたことがないわけで、深く考えるまでもなく、この話題に関してはあえなく予選落ちせざるをえないようだ。

ただ、妙なことに、そういうことにあまり固執《こしっ》しなくなった三十過ぎくらいから、

「これはひょっとして、オレ、モテてるんじゃないだろうか」

という状態を感じることが、ごくたまにだがないこともないようになった。が、

それもほんのあえかな心臓弁膜《しんぞうべんまく》のザワめきみたいなもので、はっきりとした実感にまでは至らない。

モテたい、モテたいと思っていた時期にいつも僕を打ちのめした、

「ふん、このタコ」

という女の子たちの冷《ひや》やかな視線。それが何となく最近感じられなくなった、というだけのことに過ぎない。それは、どうでもよくなってしまったこちらの感受性が鈍くなっただけの話かも知れないし、もっと最悪の場合を考えると、モテるモテないの土俵をこっちがとっくにはずれてしまっていて、例えば誰でもがご老人には親切にするような感じで優しくしてもらっているのかも知れない。

それでも、女の子と飲んでいたりして、空気にしっとりと靄《もや》がかかった感じになり、ふつっと言葉が途切れて、途切れてもその沈黙《ちんもく》に何がしかの甘味があったりする場合がある。そんなとき、

「なるほど、ここでガンバって、自分でも『痛々しい』くらい努力すればうまくいくわけだろうな」

と思ったりすることもある。つまり百%の暗闇《くらやみ》ではなくて、どこかに明るい抜

け道がなくもない、期待だけはほのかにあるという状態。しかし、そんな淡いものを「モテてる」とはいわないだろう。ほんとにモテる人からみればむしろモテていない状況なのにちがいない。それでも僕の個人史の上から見れば、こういうのは稀有《けう》なことなのだ。

「なにさ、このタコ」

がないというのは実にうれしい気持ちのするものだ。たぶん三十を越えて、以前の脂《あぶら》っ気《け》が抜けてきたおかげだと思うのだが、そう言ってしまうと何だか自分が押入れの奥で冬を越したソウメンのような気がして淋《さび》しくもなる。

最近ではよほどマシになったけれど、とにかく女の人と口をきくのが苦手だ。変に意識してしまうのだ。ことに一対一でしゃべらなければならないその相手が女性であると、それを考えたとたんに脈搏《みゃくはく》が数をうちはじめ、唇が乾き、アドレナリンが大量に放出されだす。舞台にあがったしょっぱなに、セリフを全部忘れてしまっている自分に気づいた。ちょうどああいう状態になる。

これはおそらく、十二から十八までのいちばん魂《たましい》の柔らかな季節を、私立男子校でごつごつと過《す》ごしたせいだろう。

山上《やまがみ》たつひこのマンガに、「娘」という字を大書したのを壁に貼《は》って、それを見ながらマスターベーションにふける男が出てくるが、あの気持ちというのはよくわかる。女の子という存在が、柔らかな頬《ほお》や丸い肩を持った実在としてではなく、まさしく「女の子」という文字の持つ抽象性、観念としてしか頭の中に入っていない。つまりデータ不足なのだ。やさしい女の子、意地悪な女の子、こすっからい女の子、かしこい女の子、母性的な女の子、ひょうきんな女の子、めめしい女の子、スケベな女の子、強い女の子、繊細《せんさい》な女の子、不潔な女の子、大人っぽい女の子、そういった数多《あまた》の女の子をサンプルに、帰納的《きのうてき》にあるがままの女の子を理解するという訓練が全くスッポぬけている。演繹的《えんえきてき》に、それも稚拙《ちせつ》なアナロジーを使ってしか女の子を手さぐりすることができない。こうした貧弱な想像力からは、「聖女」と「娼婦《しょうふ》」という、どうしようもない二元論的女性観しか生まれてこない。現実の女の子には聖女も娼婦もいはしない。そして僕の頭の中には実在する女の子の本質というものが欠如している。そうして、いわば二つの「不在」の間をただ意味もなくドキドキしながらうろついているというのが僕の不毛な思春期の実態だったのだろう。

とにかく、話をする異性といっても校内食堂のおばちゃんくらいしかいないのである。ことに女兄弟のいない僕などになると、これはもう世界の半分がどっかに消滅しているのと同じことで、そういう奇形的な世界の中で奇形的でない女性観を育てるのは不可能に近い。(別にだからといって、おばちゃん嗜好癖《しこうへき》とか男《おとこ》趣味《しゅみ》に走らなかったのは幸いだったのかも知れないけれど)

僕にとって異性とはひとつの「異国」であった。ちょうど一葉《いちよう》の絵ハガキを見てパリに憧《あこが》れるように、僕は異性に焦《こ》がれるのだった。その異国は、チリひとつない清潔なプロムナードに、何か果実の香りのする甘やかな微風がそよいでいるような、そんな美しい風景を抱いた異国だった。

ところが高校生くらいにもなると、その憧れの国へ実際にしょっちゅう出入りしているような奴《やつ》が何人か同級生にもあらわれ出す。

実際モテる奴というのはいるもので、これはもう先天的にいくつかの条件を満たして生まれてきた存在のようだ。

彼らはたいてい芦屋とか神戸の金持ちのセガレで、いつも小ざっぱりとしたセンスのいい服に身を包み、隠そうとしてもこぼれ出てしまう育ちの良さを感じさせる。やさしそうな顔つきと白い歯と長い脚とタップリした小遣いを持ち、街と映画と音楽の情報に関しては右に出るものがいないという風情《ふぜい》だった。

それに比べて僕に与えられた条件の何と劣悪《れつあく》だったことだろう。

小学校の終りくらいから出はじめたニキビは、今や顔の全面を占領し、自分で触れるのも薄気味悪いくらいだったし、おまけに毎日母親が持たせる超密度のドカ弁と夜のドンブリ飯《めし》のせいで、体中にはボッテリとゼイ肉がついていた。身長は小学校の頃に大柄すぎたのが災いしてか段々と伸びなくなり、それまでチビ、チビと馬鹿《ばか》にしていた美少年たちにアッという間に追い越されていった。月々に渡される小遣いは、モテる少年たちのそれに比べると微々《びび》たるもので、LPと本と映画で瞬間的に蒸発してしまい、とてものことに服やコンサートにまわす余裕はなかった。

そして何よりも僕に欠けていたのは、「軽さ」と「度胸」ではなかったろうか。学園祭やキャンプで知り合った女の子に、後日ホイホイと電話してのける軽さや思いきりが、僕には決定的に欠如しているようだった。

その結果、僕はまず初手《しょて》からレースに参加することをあきらめ、やり場のないエネルギーを、ニーチェやボードレールや「ガロ」にふり向けては、ますます暗くなっていき、ますます「このタコ」になっていくのだった。そして、女の子からのピンクの便箋《びんせん》の手紙と一万円札をピラピラふりかざしている、モテる少年たちへの怨念《おんねん》はいやましに深まっていき、今だにその暗い尾を引いているのである。

有楽町のガード下で村上知彦《むらかみともひこ》氏と飲んでいるときに、ふとその暗い尾っぽがまた動いたのを感じた。

村上氏は僕とほぼ同じ年だが、何か「永遠の美少年」のような雰囲気を漂わせた人だ。額にたれた直毛を小うるさそうにかき上げる仕草だとか、どことなく神経質そうに往《い》き来《き》する視線に、確かに「モテモテ山手《やまのて》美少年」の気配が感じられる。

それに何よりの証拠には、村上氏は、

『ウソみたいなマツ毛』

をしている。これはどういうマツ毛かというと、たとえば何か小むずかしい話

をしていて、

「……とそういうポレミックな部分に閉塞《へいそく》してしまう危険性がですね……」

とか何とかいいながら、ふと相手の顔を見ると、

「そうですね、その通りですね」

などというアイヅチとともにしばたたかれるそのマツ毛が異様なほど長く黒々とカールしており、こちらに涼しげな風までがハタハタと送られてくる気がして、思わず、

「ング……」

と意味もなく唾《つば》をのみこんでしまったりするという、そういうあやしげなマツ毛なのである。

村上氏のその「ウソみたいなマツ毛」と端整な顔立ちを眺め、氏がやはり関西の名門私立男子校の出であることを考え合わせると、もはや氏が、「ピンクの便箋、一万円札フリフリ、モテモテ少年」であったろうことは疑いようのない事実であるように思えてくる。そうなると、僕の胸には、それまであんなに和気あいあいとチューハイを酌《く》み交《か》わしていたにもかかわらず、何かドス黒い怨念のよう

なものがムラムラッと湧《わ》き上がってくるのだった。

「話かわりますけど、村上さんて、高校生の頃、モテてました？」

とさりげなくホコ先をむけてみる僕だが、その声はすでに、やや乾き気味で、半ば裏返っているのだった。

「ええ、モテるのだけはムチャクチャモテましたねえ」

村上氏はまた髪を額からかき上げると、まるで今日の昼メシに何を食ったかの話をするのと同じように、何の力も込めずに答えたのだ。

「や、やっぱりモテてたんですかぁ⁉」思わずとんでもない大声が出てしまった。そのときすでに僕の顔面は血が登って紫色になり、眼球はカッと西川《にしかわ》きよし風にむき出しにされていたのであった。

そしてそれに続いて聞かされた話は、いやが上にも僕の毛細血管を膨脹《ぼうちょう》させ、肝臓はアセトアルデヒドをとめどなく増産し続け、脳ズイを底なしの悪酔《わるよい》の極北へと導いていくのだった。

「いやあ、モテましたねえ。ま、とにかく数だけ揃《そろ》えてるっていうか、不自由してないっていうか。文化祭のときなんか、もう女子校の招待状が二十校くらい集まってねえ。そんなにあってても仕方ないんですけどねえ。ま、モテへん奴《やつ》に見せびらかすとかね。

それでまあ、女の子でもこう役割別にして揃えてあるっていうか、この子とは一緒に通学するだけ、この子とは映画とかコンサートいく付き合い、で、この子とは電話でしゃべる付き合いとかいう風にね。たくさんいましたよ。

ラブレターですか？　きましたよ。手紙できたりもあるし、あとは間接的にというか、その子の友だち通して申し込んできたりとかね。

でも、女の子と付き合うのって、やっぱり付き合いそれ自体よりも、付き合うまでの方が楽しみ多いわけでね。最初にこう何となく噂《うわさ》が伝わってくるっていうか、どうも好かれてるらしいというのがおぼろげにわかってくるときとかね。手紙が来て、会うまでとかね。ははは」

この時点ですでにアイヅチを打つ僕の声は段々と間《ま》が遠くなっていき、やがて訳のわからない呟《つぶや》きに変わり、最後には狂ったようにチューハイを啜《すす》り込む、グビッグビッという音しかしなくなっていったのだった。

「ま、モテるように努力というか、とにかく目立つようにというのは考えてましたよね。通学にずっと緑色のコート着てたりとか、ワニの人形抱いて学校行ったりとか。学校でもね、机の上には白いテーブルクロスを敷いて、その上に花ビン置いたりとかね。そういうのが噂になって、段々女学校の方まで広がっていくわけですね。そしたら、とにかく、噂になってる男の子と付き合いたいっていう女学生も中には出てくるわけですね。ま、一種のブランド指向《しこう》っていいますか。そういうので手紙がきたりするんですね。

そうやって、いっぱい付き合ってるもんやから、鉢合《はちあわ》せして困ったりしたこともありますよ。神戸なんて狭いですから、誰か女の子と歩いてたりしたら、まあ、誰か知った人に会ったりするから、そういうのがすぐパッと別の女の子に伝わってね。別れるとかどうやとか、ややこしいことになって。気ぃ使いますよ、けっこう。はははははははははは」

何が「はははははははははは」だっ!!　何が「一種のブランド指向」だっ。何が「ワニの人形」だあっ!!　もはや僕の頭は時空間の軸がねじれてポキリと折れ、ジェーン台風で決壊《けっかい》した武庫《むこ》川の堤防から憤怒《ふんぬ》の黒々とした濁流が台湾ナマズと共に雪崩《なだ》れ込み、その流れのあちこちから、神戸女学院、甲南《こうなん》女子、海星《かいせい》女子、小林聖心《おばやしせいしん》女子学院などの女子高生の白いソックスをはいた脚がニョキニョキとあらわれては流れ去っていくのだった。それと同時に、その濁流の波間から、八巻良和《はちまきよしかず》のカッパのような顔がニューッと突き出し、ニタッと笑ってまた消えていく。そうだ。僕は生まれて初めてのキスを、さんざん酔っ払ったあげくにこともあろうか、このカッパの良和としてしまったのだった。くそっ、舌まで入れてきやがって!!　あっ、次は何だ、あのブヨブヨしたツラは。そうだ、あれは十三《じゅうそう》のソープランドのおばさんだ。高二のときに、どうしても童貞が捨てたくなって、友人の吉川《よしかわ》と一緒に十三へ行ったんだ。くそっ、吉川のヤロウ、途中でビビリやがって、

「ボク、ここでパチンコして待ってるから」だと?　おかげで僕一人、岸壁《がんぺき》の母みたいなおばはんに体がバキバキになるまでマッサージされたあげくに鼻でせせ

ら笑われて、童貞の「ど」の字も捨てられないまま放り出されたんじゃねえかっ！　あっ、次にボコッと出てきたのは伊藤《いとう》チエ子じゃないか。何でお前が出てくるんだ。小学校一年のとき、

「中島《なかじま》くん、目つぶってて。いいとこ連れてったげるから」

か何か言って、僕をドブに突き落としやがって。おかげでアゴを三針も縫ったんだぞ。三針も。まだ傷跡のこってんだぞっ。あれ以来女性不信になったんだぞっ。責任とれ、責任。あ、ペコちゃんだ。吉川のいとこの。死ぬ思いで手紙書いて出したのに、内容が文学論か何かだったんで相手にしてくれなくて、三年前芦屋で偶然会ったら子供連れだった、ペコちゃんだ。おーい、待ってくれえ、話きいてくれえい。もうブンガクの話なんかしないからよお。わっ!!　何だ。お袋じゃないか。いきなり出てくるなよ、こんな近くから。わかったよ、わかってるよ、勉強するよ。もう吸わないって、シンナーもマリファナも。センズリもやめるって。センズリもやめて勉強するから金くれよ。ホテル代いるんだから。ヒロミとやるんだから。シンドーが言ってんだから、ヒロミはやらせるって。な、何だ？水が段々ねばってきたじゃないか。このねばりは何か覚えがあるぞ。こ、これは

僕のナニじゃないか。そうか、今まで出したヤツがどっかにみんなたまって逆流してきたんだ。こんなに出してたのか。それでアホになって背も伸びなかったのか。そうだったのか。しかし苦しい……苦しいな。溺《おぼ》れてるんだな。自分ので溺れて死ぬんだな。何ていうトンマで薄汚い死に方なんだろう。いやだっ。助けてくれ。おーい、助けてくれえっ!!

ふと我に返ると、目の前に村上氏の端整な顔があいかわらず涼やかに微笑《ほほえ》んでいるのだった。そうだ。モテる話を聞いたせいで、意識が混乱をきたして、あやうく彼岸《ひがん》の世界まで押し流されてしまうところだったのだ。さて、村上氏のモテ話はまだ終わったわけではない。こうなればもうトコトンまで聞いてショック療法を試みるしかないだろう。あえて一番聞きたくない部分に僕は斬《き》り込むことにした。

「で、その、つきあってた子たち。全部やったんですか?」

「え? 何がですか?」

村上氏の眉《まゆ》が少しくもり、「ウソみたいなマツ毛」がパチパチとまたたいた。

「何がって……やったんでしょうが。え？　やったんでしょうがっ!!」

僕はもう、氏のエリ首をつかまえんばかりの勢いで、顔は広島のキヌガサみたいになっている。

「ああ、アレですか。アレは僕はオクテやったですから、その頃はまだ……」

「え？　やってないんですか、そんなにたくさん付き合ってて。ひとりも!?」

「だいたい僕、初めてキスしたのも二十歳《はたち》越えてからですから」

「え？　ということは、キスもしなかったんですか。ということは、もちろんペッティングも。AもBもCも、なぁんにもなしですか？」

「ええ」

何か、全身の力がフコッと抜けたようになってしまった。それなら僕の方がよっぽど早いではないか。キスなら僕は十六くらいのときにしている。ただし相手はカッパの良和ではあるが。

「そしたら、付き合う付き合うって、いったい何して付き合ってたんですか」

「そりゃもう、映画みたりとか、お茶飲んでしゃべったりとか」

「そんな程度のことで、別れるのなんのいうことってあるんですか。何を根拠に、前提にして『別れる』とか言えるんですか」

「まあ、そうですね。今から考えたら夢みたいな話ですよねえ」

村上氏は運ばれてきたイワシの天プラを口に持っていきながら、ふっと遠い目付きになってしまった。

「そういうことするチャンスっていうのは今から考えたらいくらでもあったと思うんですけどね。相手のＯＫサインが読めなかったっていうか。……純情やったんでしょうねえ。それに僕、なんかコンプレックスのかたまりでしたから。自転車に乗れないとか、口笛が吹けないとか、中学になるまでネションベンしてたとか、鉄棒の逆上りができないとか……。コンプレックスが多過ぎて、心の余裕がなかったんです。要するにエエカッコばかりしてたんですねえ」

さきほどまで僕の脳ズイに渦巻《うずま》いていたまっ黒な濁流は、女子高生の白いソックスやソープランドのおばはんやカッパの良和やらペコちゃんやらを呑《の》み込んだまま、逆回転フィルムのようにスルスルーッとどこかへ消え去っていった。残されたイドの地表には、台湾のナマズが一四、ピクピクとケイレンしているだけなのであった。

口に運ぶチューハイにも、にわかに味がよみがえってきた。それは青くて、少し理科実験室のような匂《にお》いのする、ライムの味だった。

「もう一杯いきましょうか」

僕はニコニコしながら言った。

「いきましょう」

村上氏が「ウソみたいなマツ毛」をハタハタッとさせて答えた。

# II

## 恋愛の行方《ゆくえ》

# 恋するΩ《オーム》病

『ツー、ツー、ツー、はい、チホです。……。アッハッハッ、あのね、これは留守番電話です。私はただ今、おりません。どっかにはいるんですけどとにかくここにはおりません。発信音が聞こえたら、お名前と用事と電話くだすった時間をおっしゃってください。それから、バッド・ニュースはいりません。それと、もし貴方《あなた》が小島《こじま》さんだったら、すぐ切って下さい。お話しすること、ありません。じゃよろしく』

『もしもし、小島です。何てえ女だ。そりゃ僕はガラクタです。話したくない気持ちはよくわかる。でも、君だって石コロじゃないか。知ってる？　みんな言ってるよ、キミは石っコロだって。みんなで蹴《け》って遊ぼうって。蹴って蹴って蹴りまくって、排水溝《はいすいこう》にたたき込んだ奴《やつ》が勝ちだって。でもね、あいつら気のついてないことがある。街じゃね、石コロ見つけるのはタイヘンなんだよ。嘘《うそ》だと思ったら、一日ほっつき歩いてみたらいい。ね、べつに話したくなかったら話さなくていいよ。顔だけ見られたらいい。七時にサンボア・バーにいます。酔うと昨日みたいになるので、なるべく早目に救助にきてください。以上！』

「トム・コリンズを下さい」

「承知しました」

この店のバーテンは最高だ。僕はずいぶん昔、このバーテンに店を叩《たた》き出されたことがある。友人の鈴木《すずき》と一緒に飲んでいたのだが、横で女の子を二人連れたハゲの文化人が得意気に騒いでいた。その話の内容がペダンティックにまでもいかないヒケラカシで、どうにも鼻もちならないのだ。正直者の鈴木が、よく通る声で、

「ハゲの文化人……」

と言った。僕が鼻声で、

「ハゲの文化人」

と言った。最後に二人でユニゾンで、

「ハゲの文化人」

と言うと、ハゲの文化人は憤然と僕らの方に向き直り、

「君たち、何を言うんだ。僕は文化人なんかじゃないぞ！」

と叫んだ。

「すると、貴方は文化人ではないが、ハゲということは認めるわけですね？」

鈴木がよく通る声で言うと、店内がシーンとなり、ハゲの文化人はトレモロのかかった声で、

「お、おもてに出ろっ！」

と言った。

「おもてに出たら、キスでもしてくれるんですか？」

ボチボチおっ始めようか、というその絶妙のタイミングを切り取って、バーテンが、

「お客さん、何を言うんですか。失礼じゃないですか。出ていって下さい。お代はいただきません」

と静かに言ったのだ。カウンターの中の彼を見ると、両手はダラリとたれていいるが、右足をこころもち後ろにひいている。

〝ボクシングだな……〟

僕は鈴木に目で合図をする。

「お代はいらんそうだ」

「安い店だ」

僕たちはドアの位置まで行くと、ゆっくり振り返り、ユニゾンでもう一度、

「ハゲの文化人」

を合唱し、それから一目散に逃げた。

それから三、四年して、僕はコピーライトの恩師にその店に連れていかれた。僕の顔をバーテンが覚えていないわけはないのだが、彼は顔色にも出さない。丁重で品のある扱い方をする。バーテンはやはり「男」のやる職業だと僕はしみじみ感じた。そして、こういうキリッとした男は、キリッとしたマティニを作ることができる。

「同じやつをもう一杯ください」

「承知しました」

「この頃《ごろ》、うちのネコの様子がおかしい」

「メスですか？」

「オスだ」

「どう、おかしいんですか？」

「エアロビクスの始まる時間になると、テレビの前に座ってる」

「うちのネコもそうですよ」

「やっぱりエアロビクスですか？」

「いえ、『おはよう！　ゲートボール』です」

「枯《か》れてるね」

「年ですからね」

「バカばっかり言ったり、したりするために生きてるんじゃないでしょ？」

彼女が横に来て座りながら言った。顔の半分にかかった髪を、首をサッとふって払いあげる。微風がこっちにくる。僕は少し考える。

「無意味が必要なんだよ。意味は疲れる。シャベルは土は掘れるけど、シャベルでメシは食えないだろ?」

「それ、どういうこと?」

「全然、意味はないよ。何かわけありげには聞こえるけどね。意味はない。意味があるとぐったりするんだ。ほら、昔の諺《ことわざ》にあるじゃない、ホラ……」

「コトワザ?」

「あれだよ。『寝るは極楽起きるは地獄。歩く姿は百合《ゆり》の花』っていうでしょうが」

「それ、全然おかしくないわ。ね、もう止《や》めたら? コント書いたり、バカやったりするの。いたいたしいのよ、見てて……」

「それは誤解だよ。それはちがうんだよ」

彼女の前に黒ビールを半分混ぜたビールが置かれた。それを流し込む細いノドの動きを眺めながら、僕は少し欲情した。

「人のためにやってるんじゃない。自分に必要だからやるんだ」

「バカ笑いがそんなに大事なの? 耳からバナナ生やして電車に乗ったりするのが、そんなに必要なこと?」

「笑いというのは暴力でしょ？　笑いというのは他人とか、自分の中の他人とかをしいたげることでしょ？　スラプスティックであろうが、シュールであろうが、結局、基本的に笑いというのは差別なんだよ。僕らはみんな、自分が弱くて劣っていることを知ってる。だから、勇気を出すために、明日までやってくために、他人や自分を攻撃することが必要なんだ。だから笑うんだよ。馬も笑うけどね……」

「結構な分析ですこと。でもね、赤ちゃんだって笑うわよ、嬉《うれ》しいと。あれも攻撃なの？」

「…………」

完全なローリングクラッチホールドだ。言い返せない僕は、「笑い」と「微笑《びしょう》」の違いについて考え始めるが、二分とは続かない。どうでもいいような気がしてくる。知ったからどうなるというのだ。リンゴはリンゴだ。名前さえあれば僕は満足だ。あとは歯をたててみるだけの話だ。

僕の目の前で、未知の女が黒いビールを飲んでいる。名前は知っているし、その気になれば一緒に寝てもくれるだろう。ただしそれで何かがハッキリするだろうか。また、知ればより愛することができるだろうか。

全《すべ》ての企《くわだ》ては頓挫《とんざ》する。全ての船は沈むだろう。「僕」は、三十二年前の「僕」という胎児《たいじ》が見ている夢にすぎない。いや、その胎児は夢を見ているのでさえない。夢が彼を見ているのだ。僕らの企ては頓挫するだろう。その無秩序な夢の中で。

サンボア・バーを出ると雨になった。彼女は持ち帰りの仕事があるから、車をひろって帰るという。僕は上着を脱いで、少し濡《ぬ》れた彼女の頭にかぶせると、タクシーを停め、前が見えずにふがふがしている彼女をドアの中に押し込む。

「じゃあまた近いうちにね」

と言ってから、自分もその車に乗り込んだ。

「ちょっと、何よ、それ」

「近いうちにって言ったじゃない。運転手さん、お初天神《はってんじん》のあたりまで行ってください」

「怒るわよ。仕事があるって言ってるでしょ?」

「僕がやってやる。……上着を返してくれ」

「上着は返すわ。だから、わたしも帰してよ、家に」

「『常夜燈《じょうやとう》』へ行って、おでんを食べよう。嫌い? おでん」

「わたしが嫌いなのは、あなたよ。何なのいったい。強引なのがカッコいいと思ってるの?」

「少しも。一人でおでん食べるより、二人の方がいいなと思って」

「何でそんなひねた答えかたしかできないのよ。頭がいいとこでも見せたいの?」

「ごめん。おでんはどうでもいい。君といたいんだ」

「今晩は仕事があるって言ってるでしょ。じゃ、明日。明日の晩あけといたげるから。ね?」

「この前ね、バーの前のガードレールに座って、友だちが勘定すまして出てくるの待ってたんだよ。そしたらね、体が段々うしろへ傾いてって、車道の方へ落ちたんだよ。頭の上、五センチくらいのところを車がビュッと走っていった」

「酔ってたのね?」

「酔ってた。僕の座高があと五センチ高かったら、今頃カニミソになってるよ。問題はこの辺にあるんだ」

「ケントーついてきた」

「ね? 五センチで死ぬんだよ。そりゃ、泥酔《でいすい》したのは僕の責任だ。けど、僕の座高と車のコースと、僕の死とは関係のカの字もないでしょ?」

「いっとくけど、あなたがドジして死ぬのとわたしとは関係ないわよ」

「それは遺言に明記しといてもいい。僕が言いたいのは、五センチの差で人間は死んだり生きたりするってことだよ。ましてや、『明日』なんてこと、誰が信用できる? 僕が明日の朝、冷たくなってて、君にもし会えなかったら、君は責任とってくれる? 君は『明日』に触ったことある? 『死』がわからないのと同じで、『明日』だって詐欺師《さぎし》みたいなもんさ。僕は今夜、一緒にいたいんだ。明日じゃなくて」

「要するに、あなたのセツナ主義につきあえっていうことでしょ? あんたこそ詐欺師じゃない」

「ひとがたまにマジメにしゃべってるのに茶化《ちゃか》さないでくれよ。僕がいつ、ウソをついた?」

「わたしのことを好きだって言ったわ」

「……昨日、言った。覚えてる」

「どうしてウソ言うの?」

「ウソじゃない……」

「好きだったら、どうしてわたしを大事にしないの? わたしと、わたしの生活と、わたしのしたいことを踏みつぶしてまわるの? どうして好かれるようにしないの?」

「え?」

「えっ? てなによ」

「だけど……」

車が停まった。雨はだんだん激しくなってくる。

でっぷりと血色のよいオヤジが長い箸《はし》でヒョイヒョイと鍋《なべ》の世話をやいている。

雨の音にまじって、夏祭りの練習をする太鼓の響きが流れてくる。客は僕たちだけだ。彼女は、僕とあまり口をききたくないのだろう。やたらにおでんを食べ始める。たまに口を開けば昨日の僕の失態の件で、僕は椅子《いす》の上でだんだんと縮んでいく。

昨日、彼女は僕に「大物」を引きあわせてくれたのだった。「大物」は有名な編集者で、つぶれかけた雑誌をこれまで何誌もたて直している腕っこきらしかった。「大物」は、彼女を介して「大仕事」を僕に持ってきてくれるはずだった。ホテルのバーで紹介された「大物」は、一見ヒトの良さそうな、胃の悪そうな様子をした小男《こおとこ》だった。

「『女のストレス』特集ですか?」

「要するに、自立した女性の対社会的プレッシャーからくる、ストレスによる体の変調と、その解消法、ということですな」

「『女の自立神経失調症』ですか……」

「ハハハハ、そりゃいいや」

「ハハハ」

彼女の眉《まゆ》がピクピク動いている。彼女は、理想的にはほぼ完璧《かんぺき》なウーマン・リブなのだ。

「取材、論説、写真、こちらでまとめて、完パケにして放り込めばいいんですね?」

「そういうこと、そういうことです」

「予算はいくらほど見てくれるんですか」

「いくらでもいい」

「いくらでもってことはないでしょう」

「面白ければいくらでもいい」

昨日は虫のいどころが悪かった。猫が一晩帰ってこなかったからだ。ウィスキーがまわってくるにつれて虫のいどころはますます悪くなっていった。「大物」は、何かあると彼女の肩や手に触れるのだった。それはどうでもいいのだが、それに対する彼女の応対が、どことなくアイマイなのが気にくわないのだ。かなり堅固にできているはずの堤防から、感情がチョロチョロとこぼれ始める。

「僕の書いたものを読まれたことはおありですか?」

「いや、失礼な話ですが、不勉強してまして……。ただお噂《うわさ》はよく存じております」

「よくない噂《バッドニュース》でしょう？」

「はっはっはっ。何を」

「いや、わかるんです。人がどう言ってるか。ただね、仕方がないんですよ。病気なんだから……」

「病気……なんですか？」

「およしなさいよ」

彼女が、ロックでやっている僕のグラスに大あわてでミネラル・ウォーターをすれすれまで注《そそ》ぐ。僕は「大物」に尋ねる。

「南米に行ったこと、おありですか？」

「いえ」

「四年前に行きました。スキューバ・ダイビングをしに行ったんです。あの辺には美味《うま》いウニがたくさんいます」

「ほう」

「ただ、少し日本とかわってるのは、あの辺のウニには必ず小さなカニが寄生してるんです」

「カニですか」

「ウニの卵巣《らんそう》の中に小さな袋をつくって、住んでます。小さな小さなカニで、目がもう完全に退化してます」

「ほう」

「そいつにやられたんですよ。ウニのトゲを踏みぬいてしまいましてね。その傷口からカニの卵が入ったんです」

「ほんとうですか？」

「僕もまさかとは思いました。去年、ドックに入ったんですが、どうも脳波に異状がみられるというもんで、レントゲンを撮ったんです。そしたらくっきりと小さなカニの影が」

「カニがいたんですか」

「ちょうど前頭葉《ぜんとうよう》の白質《はくしつ》の部分にいるんです。ここはロボトミー手術をする時に切開する部分です。下手《へた》にいじれないんで、そのままにしてあるんですが、一日に何回かそのカニが動く時がある」

「動くとどうなるんです」

「無感動《アパシー》がくるんです。……ほら、動いた」

それきり僕は「大物」が何を言っても口をきかなかった。ただウィスキーを飲み続けて、最後は眠りこけてしまった。ウェイターに起こされた時には、僕は一人だった。

「最初から断わる気なら、どうして私にそう言わないのよ。どうしてあんな失礼なやり方……」

「いや、引き受けるつもりだったんだよ。金にも困ってるし」

「じゃ、なぜなの?」

「よくわからない。愛想《あいそ》笑《わら》い続けるスタミナが途中で切れたんだろう」

「あなたはほんとに病気よ。ほんとに小さな目のないカニが住んでるのよ。お医者さんに行ったほうがいいわ」

「年々、大きくなっていってる」

「こっちまで移りそうだわ。ね、もう電話してこないで」

「君が好きなんだ」

「いいかげんなこと言わないで。わたしのことなんか何にも知らないで」

「知らない。知りたいともあまり思わない。君は若いの?」

「二十八よ」

「あ、そうなのか」

「男もいるわ」

「一緒に住んでるの?」

「気になるの?」

「そうだね……」

「彼は結婚してるのよ」

「そりゃ、大変だ」

「大変よ。だからもうまとわりつかないでね。わかった?」

「わかったよ」

「帰るわ」

「送っていくよ」

「………。全然わかってないじゃないの」

「病気なんだ」

恋は病気の一種だ。治療法はない。ただしそれは世界中で一番美しい病気だ。

僕らは車をひろった。

「家はどこ?」

「あなたは?」

「宝塚。君は?」

「宝塚よりズーッと遠いとこよ」

「君の部屋にはウィスキーある?」

「あっても、あなたには関係ないわ」

「部屋に入れないつもりだね」

「脳にカニを飼ってる男を、女一人の部屋に入れるわけにいくと思う?」

「スリルがあっていいよ。スリルが嫌いなの?」

「スリルは好きよ。でも、あなたは嫌いよ」

「今夜は僕が君のスリルなんだ。君は矛盾《むじゅん》したことを言った」

「正しいことばっかり言ってたら、まちがったこと言ってしまった時のショックが大きいわ」

「君は考え方がだんだん僕に似てきてる」

「おぞましいこと言わないで」

車は夜の高速をぶっとばしている。流星群に突っ込んだ感じで、無数のライトが後ろへ後ろへとふっ飛んでいく。このままどこまでも僕は行きたい。夜の果てまで。夢がそこで静かに息をひきとる、透明な光の結晶する基地まで、彼女の体温を腕に感じたこのままで。


「どうしてなんですか」

僕は教師に尋ねた。

「え？　何ですか？」

「どうしてこうなんですか？」

「こうって……？」

「こうっていうのは、このことですよ。どうしていっつもこうなんですか？」

「……こ、こうって!?」

「なんでこんなふうになっちゃうんですかってきいてるんですよ」

「こうって、このことのことかね？」

「そうです。これですよ」

「そんな、キミ、子供みたいなこときかないでくれたまえよ」

「だって先生。ボクは子供ですよ……」


夜が降ってくる。こいつは傘《かさ》ではよけられない。夜はやさしい尼僧《にそう》であったり、無情な肉屋のオヤジであったりする。僕らの夢々はいくどとなく撲殺《ぼくさつ》され、ミサに提供される。オルガンにあわせて清冽《せいれつ》なコーラスが湧《わ》きおこり、ピクつく僕の心臓は年代物の台座の上にそっと置かれる。さあ、世界中の全《すべ》ての罪が、今から僕の心臓の上に、このウミウシのようにひくつく肉塊《にくかい》の上に浴びせられることだろう。そりゃそうだろう。僕は汚い血を送り続けた。この心臓から脳へ。ありとあらゆる薄汚れたものを。それでもこの肉のかたまりは、マホガニーの台座の上でヒクヒクとモールス信号を送り続けている。鼓動《こどう》を信号にして何かを訴え続けている。誰かきいてやってくれ。そいつはこう言ってるんだ。

「キ・ミ・ガ・ス・キ・ダ」


「なんだ。宝塚よりずっと遠くなんていって、西中島《にしなかじま》じゃないか、ここ」

「送ってくれて、ありがとう」

「ウソつき」

「知らなかったの?」

「君のこと、ほとんど知らないんだ」

「ありがとう。じゃあ明日ね、電話するから」

「いまね、気がついたんだけど。タクシー代持ってないんだ。僕」

「宝塚まで帰るお金?」

「そう」

「いくらぐらいなの？　貸したげるわ」

「女の人に金を借りるわけにはいかないよ。泊めてよ。ソファでいい」

「もう……」

「……もう、何だよ」

「病気の人に負けるのって、やだわ」

「今夜の病名は『嗜眠症《レタルギア》』だ。眠りたいだけで、何の邪心もないんだ。信じてくれてもいいじゃない」

「誰が信じたりするもんですか」

「ハハハ。そりゃ賢いや」


上質のカーペットの上に、古風な受話器が一台、ポッンと置かれている。そいつは女主人の帰りを待ちくたびれて眠り込んでしまった、忠義《ちゅうぎ》な仔犬《こいぬ》のようにみえる。とにかく何もない部屋だ。その何もない床の中央に彼女はバカでっかいタオルを敷いてくれた。

「あ、ごめん。枕《まくら》はいらないよ」

「何時に起こしたらいいの？」

「目覚ましかい？」

「わたし、起きてるから、起こしてあげるわよ」

「えっ？」

「仕事があるっていったでしょ？」

「君が仕事してて、僕が眠るのかい？　そりゃ、よくないよ」

「自分がひっぱりまわしといて何よ」

「いや、悪いと思って言ってるんじゃないんだ」

「じゃ、何よ」

「イビキを聞かれる……」

おっきな枕が飛んできた。

「早く眠っちゃってよ。一年でも二年でも」

「こっちに来ない？」

「ほら、きた」

「君は怒るとすごくみっともない顔になるよ。知ってた？」

「あなたはね、そうして笑うと小松方正《こまつほうせい》にそっくりになるわ。知ってた?」

「小松方正は嫌いじゃない。……ねえ、こっちにおいでよ」

彼女がシャワーを浴び終わるのを待ちながら、僕はヒンズー・スクワットを続けていた。踊っている時と同じで、頭がだんだんボーッと気持ちよくなってくる。

『しっかりせいよ、日本人!!』

と、死んだおジイちゃんが頭の中で言った。おじいちゃんは九州の出で、夏になると縁側に出てニガウリのあんかけでショウチュウを飲んでいた。小さな僕がむずかると、塩っ辛《から》い大声で、

『しっかりせいよ、日本人!!』

と言って、煙管《きせる》で僕のアタマをコツンといくのだった。

そういえば、僕はこんなとこで、ヒンズー・スクワットをしながら、いったい何をしているんだろう。……ほんの一瞬だが、僕は自分のいるところ、自分のしていること、その他もろもろのことがわからなくなって、うろたえる。自分が今、愛してしまった女の部屋に押しかけていて、彼女がシャワーからあがってくるの

をヒンズー・スクワットをしながら待っているのだということに気付くまでに、相当の時間がかかるのだった。カニが動いたんだ。

抱きしめると、彼女はよく乾いた草のような香りがした。唇が軽くふれる。唇が深く結ばれる。唇が激しく求め合う。僕らを今隔てているのは、たった一枚の皮膚だけだ。彼女のすべすべした皮膚と僕のカサカサした皮膚と。僕らはただの水の袋にすぎない。美しい水と濁った水の。小さな針がひとつあれば僕らは混ざりあうことができる。僕はとても小さな針をひとつ持っている。


「ね。こうしたかったんだよ。会ったときからずっとだ」

「あなたは口ばっかりよ」

「僕は口ばっかりだよ」

僕の手が彼女の性器にむかう。

「ちょっと待って。それ、待って」

「どうしたの?」

「ちょっと待って、お願い」

「セックスに保守的なんだね?」

「ちがうの。なんだか涙が出そうなのよ」

彼女の目には、ほんとうに小さな水たまりができかかっていた。

「君のオトコのことを思い出したんだろ? それでつらいの?」

「よくわからないの。彼とはもう別れたのよ」

「でも、さっき、そうは言わなかったよ」

「だって、あなたがしつこいでしょ。こわかったのよ。わたし」

「僕はこわくないよ」

「自分のことがこわいのよ。わたし、いま欠けてるから。とても欠けてるから……」

電話が鳴った。彼女は受話器をとると、しばらく僕のほうをジッと直視しながらしゃべっていたが、やがてその長いコードの電話を隣りの部屋へひきずっていった。僕は裸の上にタオルをひっかけた妙な格好のまま上半身を起こすと、ロングピースに火を点《つ》けた。隣りの部屋から、彼女のくぐもり声がとぎれがちに聞こえてくる。ときどき嗚咽《おえつ》がまじっている。マンションの下のほうの階で、誰かが歌を歌っている。僕の胸の底の底から、わけのわからない哀《かな》しみが湧き上がってくる。それは哀しみというよりも、いきどおりに近いもののようだ。

『何でこんな目にあわなくちゃいけないんだ。僕らが何をしたっていうんだ。僕や彼女や彼女の男やそいつの奥さんやらが、誰に何をしたっていうんだ。何でみんな今夜は泣いてるんだ。誰に僕らを泣かせる権利があるんだ。僕らが何をしたっていうんだ』

「愛しあいなさい」と言ってる奴《やっ》と、モラルを作っている奴は同一人物だ。僕はその晩まで金持ちの子供のように人がよかったのだ。僕はそのまま急いで服を着ると、そっと彼女の部屋を抜け出し、また夜の通りに出た。雨は止《や》んでいて、空気はヒンヤリと澄んでいた。遠くで、車庫へ帰る阪急電車の金属音がかすかにしている。それはまるで街の背骨がきしんでいるみたいだった。僕はどこかに、眠りやすそうな公園を探さなければならない。

『ツー、ツー、ツー。ハイ、チホです。………。こんにちは。でも、これは留守番電話です。私はここにはおりません。とにかく、どっかにはいてウロウロしてるんですけど、ここにはとにかくおりません。発信音が聞こえたら、お名前とご用件と電話くだすった時間をおっしゃってください。それから、バッドニュースならいりません。バッドニュースはもういりません。じゃ』

# 微笑と唇のように結ばれて

ドアチャイムに伸ばした手を、私は空中で停止させたまま、長い間考えていた。

マリカがこの部屋の中にいる。私の知らない男の部屋に。

チャイムを鳴らせば、私はその愚かな行為のために、全《すべ》てを失ってしまうのではないか。私の魂を、生命を、そしてそんなものよりもっと大事なものを。マリカは、私が生きている意味の全てだ。私はそれを失うのではないか。私はこのまま立ち去るべきではないのか。

私は上げていた腕を下ろした。何気《なにげ》なくドアのノブを触ってみる。

鍵《かぎ》はかかっていなかった。

押すと、ドアは静かに開いた。

玄関口に、男ものの革靴《かわぐつ》とマリカの小さなハイヒールが仲むつまじく寄り添っている。それを見た途端に、私の体の中で血の流れが一瞬凍りつき、次に逆流した。

私は投げ捨てるように自分の靴を脱ぎ、マンションの中にはいっていった。

八畳ほどのキッチンがあった。

テーブルの上に食物が散乱している。

かじりかけのサラミソーセージ。丸太のようなハム。三分の一ほど残された皿の上のステーキ。ステーキというよりは生肉《なまにく》に近いようなレアだ。切り口から鮮血がにじんでいる。別の皿の上には山盛りの菠薐草《ほうれんそう》のソテーがのっている。そしてウイスキーの空壜《からびん》が二、三本。一べつしての私の印象。

「何なんだこいつは。ヴァイキングの首領《しゅりょう》か何かか。日本人の食生活じゃないな」

キッチンを抜けると無人の居間があり、そこにも生卵の殻《から》やソーセージが散乱していた。

その奥がどうやらベッドルームらしい。

私はそのドアを「蹴《け》った」。

部屋の半分ほどを占めるベッドの上に、見知らぬ男とマリカが裸で横たわっていた。

マリカが上半身を起こした。少し小さめの形のいい乳房《ちぶさ》がふるふると揺れている。

マリカは私を黙って見つめた。

別に驚いた風でもなく、淋《さび》しそうな微笑を口元に浮かべている。

彼女の頬《ほお》は、美しい色に上気していた。目は強い光を放っている。そして、微《ほほ》笑《え》んでいる唇は、小さいが官能的に厚く、苺《いちご》のように赤く光っていた。

「つけてきたのね」

マリカが言った。

「そうだ」

私は、上体を起こしたマリカの裸身の陰になっている男の方に目をやった。

「お友だちを紹介してくれないか」

男はまだ若かった。二十六、七歳だろうか。

突然の私の侵入に、飛び起きるでもない。

横になったまま、半眼に開いた目で私の方を見ている。顔色は上質の紙のように白い。青味の勝った白だ。目は焦点を結んでいない。

「この人？ 辰巳《たつみ》さんっていうのよ」

「なるほど。で、この辰巳さんはどういう人で、君とはどういう……。ま、こんな状況で、どういう関係もないだろうがね」

私は、精神力の全てをふりしぼって、冷静さを装った。

「どういう……って言われても、ダーリン。困ってしまうわ。よく知らないのよ、この人のこと」

「知らない？」

「二、三日前に知り合っただけなんですもの。この人、私の車に追突してきたのよ。それで知り合って……」

「いまこうしてるってわけか」

「困ったなあ」

そう言ってマリカは頭を掻《か》いた。とても可愛い仕草だった。私は思わず腕を振り上げて彼女を殴ろうとした。そのとき、ベッドの上の男が小さな声で言った。

「すいません。水を一杯くれませんか。……あ、ミルクの方がいいかな……」

マリカに初めて会ったのは半年ほど前になるだろうか。

私が経営している画廊に、彼女はある日突然舞い降りてきた。文字通り、私は「舞い降りてきた」という印象でしかうまくその感じを伝えられないのだ。

そのとき、私の画廊ではラファエル前派の小品を集めて、商売にもならないエキシビションをやっていた。普通はこんなものは百貨店が客寄せにやるような企画なのだ。海外からの借り物の絵画は、売るわけにはいかない。大赤字しかもたらさないのが前提の、いわば私の道楽の企画だった。

三十年近く、父親に譲ってもらった画廊を経営していて、私にはけっこうな資力がすでに備わっていた。画廊自体はただのショー・ウィンドウであって、そこで物が売れようが売れなかろうが、たいしたことではない。

私の収入源は、絵画を投機対象として札束をふりかざしてくる企業や資産家たちだった。彼らと、ニューヨーク、パリの画商たちとのパイプ役をつとめる。それだけで年に何億という利潤が私のもとに転がり込むのだ。

せめて、自分の画廊では道楽をやらせてくれ。ラファエル前派の企画は、そんな私の意思表示だった。

このときの目玉作品としては、南オーストラリア美術館から、J・W・ウォーターハウスの「嫉妬《しっと》に燃えるキルケ」、ロンドンのギルドホール・アートギャラリーからフレデリック・レイトンの「音楽のおけいこ」、ニューヨークのフォーブズ・マガジン・コレクションから、同じレイトンの「お手玉遊び」などの名作を借り受けた。顧客の持っている政治力と私の力を使えば、この程度のことはできる。

私はこれらの絵がとても好きなのだ。

ことにレイトンの二作品は、一度は自分の部屋で一晩中眺めてみたいと、つねづね考えていた。

「音楽のおけいこ」は、若い母親が、小さな娘にトルコの楽器「サス」を教えている光景だ。ぷっくりした子供の愛らしさもさることながら、この母親の慈愛《じあい》に満ちて、オーラでかすんだような、とろけるような美しさ、甘やかさ。

「お手玉遊び」も美しい作品だ。透《す》けるような薄絹《うすぎぬ》をまとったギリシアの少女が、牛の趾骨《しこつ》をあやつってお手玉遊びをしている。異様に紅潮《こうちょう》したその頬は、お手玉に恋の占いでも託《たく》しているせいではないのか。

こうした絵に囲まれて、人気《ひとけ》のない画廊にたれこめているときの私の幸福をわかってもらえるだろうか。

私はときおり画廊を一巡《いちじゅん》し、額の中の彼女たちを眺める。客などは一人も来てくれなくていい。その方が私にとっては幸せなのだ。

マリカがそうした私の至福を、ある日現れて打ち砕いた。

というのはこういうことだ。

彼女は、絵の中のどの女よりも美しかったのだ。

マリカは、乳と蜂蜜《はちみつ》でできたような印象、肌、香気を持った女だった。

初めて彼女が画廊に現れたとき、私はすべるように歩むその後ろ姿を呆然《ぼうぜん》として眺めた。

「五センチほど中空に浮いているのではないか」

と私が考えたほど、それは優雅《ゆうが》で天上的な動きだった。

一巡《ひとめぐ》りしたマリカは、入り口の受付テーブルにいた私の所へくると、私がいままで目にしたうちで一番優し気な微笑を浮かべてこう言った。

「素敵な絵ばかり。私、あの〃音楽のおけいこ〃っていう絵が好きだわ。おいくらくらいするのかしら」

私は笑って答えた。

「ああ。お嬢さん。ここにあるのは、どれも売るわけにはいかないのですよ。欧米からの借り物ばっかりなんでね。高名な絵ばかりです」

マリカはとてもがっかりしたようだった。

「そうなんですか。これは、いつ頃《ごろ》の絵?」

「だいたい十九世紀、一八〇〇年代の絵画ですね。話すと長くなってしまいますが」

「長くなってもいいから教えてほしいわ。とても好きになったの。ここの絵が」

きらきらした目で、マリカは私を見詰《みつ》めた。

そうしてマリカと私との付き合いが始まった。

マリカは二十五歳だと言う。私はその倍以上の年齢だ。

それでも、初めて一緒にとった食事は楽しかった。

マリカは実に聡明《そうめい》で勘《かん》のいい女性だったし、体中から生命力のあふれているような女だった。

イタリア料理の店で初めてデートをしたのだが、マリカはよく笑い、しゃべり、そして私の倍くらいの量の赤ワインを飲んだ。

彼女と話をしていると、なぜか私は、ハシシュにでも酔ったように陶然《とうぜん》とした心持ちになってくるのだった(私は昔、スペインでおおいにハシシュをやったことがある)。

不思議なのは、マリカが物を食べないことだった。ワインは驚くほど飲むのに、皿には手をつけない。前菜は私一人で食べ、パスタをたいらげた私に、彼女は自分のスープを押しつけた。

「どうして食べないんだい」

「そんなこと女の子に訊《き》かないでほしいわ」

「ダイエットしてるのか」

「そうよ。ダイエットしてるのよ。カトンボみたいにやせて、もっともっとやせて、そのままこの世からいなくなってしまいたいの」

「それにしてはよく飲む」

「赤ワインは ね、はいるところがちがうの」

「このあと、君にスズキと私にカモを頼んでしまったんだが。まさかその両方とも私が食べることになるんじゃないだろうね」

「ふふふ。どう思う?」

私の生涯のうちで、あれほど腹一杯になってレストランを出たのは初めてのことだった。

二回目に「フランス風中華料理」なる店に行ったときもそうだった。最後近くに出てきた「ミル貝クリーム煮上海《シャンハイ》風」というやつ。目を白黒させて対決している私。マリカはそれを面白そうに眺めながら、花彫酒《はなぼりしゅ》を啜《すす》って涼し気な風情《ふぜい》だ。

「このあと、杏仁豆腐《あんにんどうふ》ってのが出てくる。それだけは食ってもらうからな」

「やった。私に命令する権利ができたんだ」

「え?」

結局、杏仁豆腐は私が一人で食べた。

その夜、私はマリカを抱いて寝た。私の画廊の床に毛布を敷いて、たくさんの絵に見られながら、私たちは初めての夜を過ごした。

私は四十前に離婚してから、実に十数年ぶりに艶《つや》っぽいことをしたことになる。

マリカとのセックスは、彼女と最初に話したときの印象にとてもよく似ていた。ハシシュの緑色のジャムをなめたように、全身が陶然となる。肌と肌が触れ合うたびに、体中の見えない細毛がお互いにじゃれ合っているかのような愉悦《ゆえつ》を感じる。骨がらみに抱きしめても、マリカの体は奥底が知れないように正体がない。吸いつける赤い唇は、魔法の壺《つぼ》のごとく蜜《みつ》を吐き続ける。

接合して数分もしないうちに、私はマリカの中に自分の全てを注《そそ》ぎ込んだ。

そして、その後に深い眠りに襲われた。

それは、たとえば「死」というものがこれに一番近いと思われるような、底のない眠気だった。

眠っていたのは、それでもごく短い時間だったと思う。

首すじのちくちくする、甘くてかゆい痛みで目が醒《さ》めた。

マリカが私の首すじにキスをしていた。

いや、キスをしていたのではない。私の首の血管に鋭い犬歯《けんし》を突き立てて、そこからあふれる血を吸い取っていたのだ。

どのくらいの時間、マリカが私の血を吸っていたのかは知らない。私の全身から力が脱《ぬ》けていた。上半身を起こそうとしても起こせない。

「いやだ。起きちゃったのね？」

マリカが言った。

「面白いことをしてるな」

「ごめんなさい」

「あやまることなんかない。それが君の食事ってわけなのか」

「ごめんなさい」

「あやまることないって、言ってるだろ」

「〝嗜血症《しけつしょう》〟って言うんだって。普通の食べ物を受けつけないのよ。ミルクとか血とかお酒とか蜂蜜とか、そういう高カロリーの流動食しかだめなの」

「そういやあ、アフリカにもいるけどね、そういう部族は。牛の血と乳だけで生きてる……」

「日本にいるのは、私んとこの家系だけみたいよ。吐いちゃうの。何を食べても、固型物は」

「流動食ならいいのか」

「それも、果汁《かじゅう》とか牛乳だけじゃ、やっぱり持たないの。血でないと。赤血球とか白血球とか血小板《けっしょうばん》とかが、みんな生きててオーラを持ってる、生きてる血でないと。それがないと、私、どんどん弱っていくの」

「ああ、そうなのか」

「ちゅうちゅう」

「おいしいか」

「うん」

「いいよ。どんどん吸って」

「もう、よくなった」

「おなか、いっぱいになったのか」

「うん」

「よし。じゃあ、寝よう」

この日から、私とマリカは一緒に暮らすようになった。とても満ち足りた生活だった。

ただ一つ困るのは食生活だ。マリカは何も食わない。私の提供する血だけが彼女の生命源である。そのために、私は毎日毎日、胃が破裂するほど食った。肉はなるべく生《なま》で食い、ニンニクは溶血《ようけつ》作用があるので一切とらない。血中の微量金属をおぎなうために、根菜類《こんさいるい》や海草、青菜《あおな》なども山のように食べる。

それだけの努力をしていても、私の体重は日に日に減っていった。顔色は徐々に蒼白《あおじろ》くなっていった。

それでも私は、マリカに血を提供することを止《や》めなかった。

マリカの温かい唇を首すじに受けながら、陶然と意識を失っていくあの心持ち。うつろな気分の中で交わす会話。

「ねえ、もう止めようか」

「どうしてだ」

「だって、もらい過ぎだもの」

「かまわない。もっと欲しいんだろ」

「でも、あなた、死んじゃうもの」

「いいから、やってくれ」

「じゃ、もう一吸いだけね」

「うむ」

「あした、ステーキ買っとくからね」

「うむ」

マリカはうなだれて、私の画廊の床の上に座っている。膝小僧《ひざこぞう》がふたつ、カリンの実のようにぴっちり寄り添っている。

「つまり、こういうことなんだな。浮気とかそういうのじゃないんだと」

「浮気とかそういうのじゃないの」

「私にわかるように説明してくれよ」

「それは……。仮に『生命値』ってものがあると考えるでしょ？」

「ふむ」

「私の維持しなくちゃいけない生命値は五十なの。ダーリンの持ってる生命値も五十なの。だったらどうなるの？　私が生きていくためには、あなたの全てを吸い取らないといけないことになる」

「だからよその男のを吸うことにしたわけか」

「その方が……」

「いいと思ったんだな」

「ごめんなさい」

「男に惚《ほ》れてバカなことをする。君は、一族の軟弱者なんだな」

「私の一族のことなんて知らないくせに」

「嗜血症のことは、腐るほど調べたよ。世界中にある病気で、心因性《しんいんせい》のもんだとされてるがね。自分を吸血鬼だと錯覚して、その結果ほんとうに人の血を栄養源にしてしまう妄想《もうそう》に駆られたりする。ブラム・ストーカーの〝吸血鬼〟以来、それが世界中に喧伝《けんでん》されて、幻想が現実を生んだりしている」

「私の一族の起源は、そんなものよりもっと古いのよ」

「古い？」

「中世ヨーロッパ以来の、女吸血鬼カーミラの一族だって言われてる。祖母が白《はっ》系露人《けいろじん》との混血だったから、うちの血にもそれが流れてるのね」

「にわかには信じられない」

「だって、私の名前が証拠よ」

「名前？」

「そう。マリカ、MARICA。これをいれ替えてみて」

「さて、よくわからない」

「〝MARICA→CAMIRA〟になるでしょ？」

「あ……」

「代々そうやってアナグラムで、カーミラ家の一族であることを伝えてきたのよ」

「おやおや」

私はベッドに横たわった。

「名家のお嬢さんにこんなことを頼むのもなんだが、いつものやつをやってもらえませんかな」

マリカは目をまんまるにして言った。

「すぐするの？　もっと、お肉とか食べてからの方がいいんじゃないの？」

「いや、すぐする」

「しょうのない人」

マリカの柔らかな唇が、私の首すじの「いつもの傷」をおおった。小さな糸切り歯が、その傷の表面をおおった薄皮を、ギリッと引き裂く。血があふれでて、マリカの可愛い唇の奥へと吸い込まれていく。

私は、いつものように陶然となりながらマリカに言った。

「どうだね」

「いいわ。ダーリン」

「でも、私の分だけでは足りないんだろ？」

「足りる分だけもらったら、死んでしまうかもしれない」

「かまわない」

「え？」

「この前みたいなことがあるくらいなら、私は死んだほうがましだ。殺さないかわりに傷つけるくらいなら、傷つけずに殺してくれ」

「ほんとにそう思うの？」

「ああ。思いっきり吸ってくれ」

「ほんとにそうするわよ」

マリカの優しい唇が私の喉元《のどもと》に迫った。

私は、いま、とても、吸われている。

# 黄色いセロファン

「今からぎょう虫検査の用紙を配る」

田井中《たいなか》先生がブルドッグのような顔をほころばせて言うと、六年二組の教室には軽いどよめきが起こりました。でも大半が、何のことなのかわからないようでした。

先生は机の列ごとに検査用紙をまとめて置くと、後ろへまわしていくようにと指示しました。

「ぎょう虫というのは」

先生は教壇《きょうだん》にもどると、渋い声で言いました。

「ぎょう虫というのは寄生虫の一種だ。小さくて五ミリから一センチくらいの大きさだ。白くて細長い。こどもの直腸あたりにすんでいる。夜中に肛門からはいだして、その近くに卵をうむ」

げえーっ、という声が教室の中に起こりました。先生は検査用紙をかざして、

「この検査用紙は、その卵があるかないかを調べるものだ。中にはセロファンの用紙がはいっている。朝起きてトイレにいったときに、このセロファンを肛門にぴたっと貼《は》りつける。風呂にはいった後なんかはだめだぞ。必ず朝起きたときにやるように。その検査用紙をもとの袋にいれて、名前を書いて、明日提出するように。いいな」

「はあい」

渋々といったようすの答えが教室に起こりました。

ぼくは配られてきた検査用紙を、窓からこぼれてくる陽《ひ》にかざしてながめました。パッケージの中に、黄色いセロファン紙がはいっていました。ぼくはそれをランドセルの中にしまいながら、二列むこうの河口晶子《かわぐちしょうこ》さんの方をちらりと見ました。河口さんは隣の列の井上《いのうえ》さんと何かひそひそ話をして笑っていました。さらさらした河口さんの髪に「天使の輪」ができていました。愛くるしい顔から白い歯がこぼれて、河口さんはほんとうに天使のようでした。

「ぎょう虫検査だって、河口さんに肛門なんかあるんだろうか」

ぼくは考えました。

「いや、ないに違いない。河口さんがうんこなんかするわけがない」

ぼくはそう思いました。

河口さんは、可愛いだけでなく、勉強もよくできるので副級長をしています（級長はぼくの親友の松本《まつもと》くんです）。ぼくはあまり勉強をしないので、成績はクラスの中の上というところです。河口さんは勉強だけでなく、運動もよくできます。体育の時間がぼくは楽しみです。運動が好きなわけではなく、河口さんのブルマー姿が見られるからです。河口さんのすらりとした脚を見ていると、ぼくはぽかんとしてしまって、そういうときにはよくボールが飛んできたりします。

「小島《こじま》、小島」

誰かが呼んでいます。

「え?」

後ろの席の平沢《ひらさわ》くんでした。

「え、何?」

「お前、また河口さんの方見てるな」

「え、いや。そんなことないよ」

「ウソつけ。鼻の下がでろれーんとのびてるぞ」

「のびてるのびてる」

と隣の列の玉本《たまもと》くんが言いました。

「のびてないってば」

と騒いでいるところへ、田井中先生の声。

「そこうるさい。小島、玉本、平沢、廊下に立っとれ」

しゅんとなって廊下へむかう我々を、級長の松本くんがにやにや笑ってながめていました。

次の日の朝、玄関口でお母さんのいつもの口癖《くちぐせ》が鳴りひびきました。

「何か忘れてるものない?」

あ、忘れてる。ぼくははきかけていたクツを脱ぎました。ぎょう虫の検査を忘れていたのです。ランドセルの中から検査用紙を出すと、トイレに直行しました。

便座にすわって、検査用紙のパッケージのふたをぴりぴりとはがすと、中から黄色いセロファン紙が出てきました。それをしばらくながめた後、おそるおそる腰を浮かせてお尻の穴に押しあてました。粘着質になっているセロファンの片面がお尻の穴にぴたりと貼りつきました。なんだかもぞもぞとして腰のすわりが悪いような変な気持ちです。しばらくそれを貼りつけていたあとで、セロファンをはがしにかかりました。セロファンは少していこうをしていましたが、やがて「みりん」という感じではがれました。そのはがれたときにぼくは思わず、

「あ」

という小さな声をもらしてしまいました。何が、だと自分でも思ってしまいましたが、今まで味わったことのないような、とても変な気持ちがしたのです。

二時間めと三時間めの間に、衛生委員が例の検査用紙を集めてまわりました。

「小島のはうんこついてるんじゃないか」

と松本くんがぼくに言いました。

「お前のこそ、ぎょう虫の卵が山ほどついてるんだろう」

とぼくは言い返しました。

玉本くん、平沢くん、ぼく、松本くんはしばらくわいわいと騒ぎました。結局のところ、みんな恥ずかしかったのです。

騒ぎながら、ぼくはそっと河口さんの方を見ました。河口さんは静かに検査用紙を衛生委員の手に渡していました。でも、河口さんのほっぺたがまっ赤になっているのをぼくは見逃しませんでした。

「やっぱり河口さんにも肛門があるんだ」

とぼくは思って、少しおどろきました。

河口さんも、ぼくみたいに、

「あ」

と言ったのだろうか、と考えるとぼくはとても興奮しました。

ぼくは今朝、「みりん」とはがした後、窓の陽《ひ》にかざしてみたセロファン紙のようすを思い出しました。セロファン紙には、くっきりとぼくの肛門のシワシワもようがうつっていました。

河口さんのもあんなふうになっているんだろうか。もしそうなら、河口さんのセロファン紙が

「欲しい」

とぼくは思いました。そんなものを手に入れてどうしようというのか、そこまでは考えていませんでしたが、とにかくとても手に入れたいと思いました。

でも河口さんの黄色いセロファン紙は、衛生委員の手にしたカゴの中におさめられて、やがてぼくの手の届かない保健室へ運ばれていってしまったのでした。

今日の給食はメルルーサのフライとキャベツの酢漬《すづ》け、パンと野菜のスープでした。ぼくはおかずをざっとたいらげると、パンを机の中へ放り込みました。パンがきらいなわけじゃなくて、早く校庭へ行って、ドッジボールの場所取りをしたいからでした。

教室からかけだそうとするぼくの背中に、松本くんの声が追っかけてきました。

「おい、小島くん、ちょっと待てよ」

「何?」

ぼくはふりむいて、ちょっといらいらした声でたずねました。松本くんは言いました。

「ちょっと話があるんだ。玉本くん、平沢くんも、もう食べ終わったか。じゃあ、階段の踊り場のところへ、ちょっと集合してくれないか」

ぼくたちは少しきょとんとしながら踊り場へむかいました。松本くんは本を一冊、手にして、ぼくらの少し上の階段に腰かけました。そして言いました。

「いいか、みんな。わかったんだ」

ぼくらは狐《きつね》につままれたような顔になりました。平沢くんがたずねました。

「わかったって、何が?」

松本くんは自信たっぷりに答えました。

「おまんこのことだよ。おまんことかセックスというのは、何をどうするのか、やっとわかったんだ。あれはね、つまり、男のおちんちんを女の人のおまんこの穴に入れることなんだ」

「嘘《うそ》つけ」

と平沢くんが言いました。

「そんなことしたら、女の人はお腹《なか》に穴があいて死んでしまう」

なるほど、そのとおりだ、とぼくは思いました。女の人の穴というのは、ぼくらのおちんちんの、おしっこの出る穴くらいの大きさだ、とぼくはバクゼンと思っていたからです。そんなちっちゃな穴に大人のでっかいおちんちんがはいるわけがない。むりやりそんなことをしたら、平沢くんの言うとおり、女の人はお腹に穴があいて死んでしまうでしょう。でも松本くんは言いました。

「いや、証拠があるんだ」

松本くんは手にしていた本をふりかざして言いました。

「これはオヤジの本棚《ほんだな》からパチッてきた、イシハラ・シンタローという人の本だ。ここに書いてある。いいか、読むぞ」

松本くんは、折り目をつけてある本の頁《ページ》を開いて読み始めました。

「哲夫《てつお》は、道子《みちこ》のチッに、自分のインケイをソウニュウした」

まわりの反応を楽しむかのようにながめ渡して松本くんは、

「どうだ。はっきり書いてある。インケイをチッにソウニュウするんだ。これがつまり、おまんこするということだよ」

「でも」

と平沢くんは言いました。

「そんなことをしたら、女の人は死んでしまう」

「そうだよ。死んじゃうよ」

とぼくもあいづちをうちました。

と、玉本くんがしばらく考えた後で言いました。

「いや、ひょっとしたら、そうなのかもしれない」

「何、どうしたの」

「ぼくの家は市場の店だろ。市場の裏でたくさん犬を飼ってるんだ」

「それがどうしたのさ」

「犬はね、さかりがつくと、そういうことをしてる。オスがおちんちんをメスの穴に入れてるんだ。くっついて離れないこともある。ぼくのお父さんなんか、交尾してる犬に、よくバケツで水をかけているよ」

ぼくは思わず言いました。

「人間と犬とは違うよ。人間がそんな野蛮《やばん》なことするわけがない。たとえば、きみらのお父さん、お母さんが、そんなことしてると想像できるかい」

「絶対にありえないね」

と平沢くん。

「田井中先生が奥さんとそんなことしてると思うかい」

「してないしてない」

「校長先生がそんなことすると考えられるかい」

「絶対に考えられない」

松本くんと玉本くんは少しひるみました。

松本くんが言いました。

「でもこの本には確かに書いてある。インケイをチツにソウニュウするって」

四人は黙り込んでしまいました。

しばらく考えたあとで、ぼくが口を切りました。

「こう考えたらどうだろう」

玉本くん、松本くん、平沢くんの目がぼくに注《そそ》がれました。

「たとえばさ、世の中には悪人というものがたしかに存在する。でもぼくはいまだに悪人をこの目で見たことはない。みんなそうだろ。悪人を見たことがあるかい」

みんなが首を横にふりました。

「それと同じことで、世の中にはたしかにおまんこをする人がいる。でも、それは一部の特殊な人のやることなんだ。悪人を見たことがないのといっしょで、おまんこをする人も、ぼくらとは関係のないところで生きている、特殊な人なんだ」

「なるほど」

と松本くんがうなずきました。ほかのみんなも首をたてにふりました。

「そうだとしたら、あれだなあ」

玉本くんが空をあおいで言いました。

「ぼくは、一生に一度でいいから、してみたい」

ぼくたちは、玉本くんにキックを入れて倒すと、口々に、

「このドヘンタイ！」

とののしりました。

「インケイをチッにソウニュウか」

お父さんはそう言ったあと、ビールを飲みながら、わっはっはと笑いました。

「言い得て妙だな」

枝豆をつまみながら、お父さんは、

「そんなこと、小六になるまで知らなかったのか。性教育をしてないのか、お前の学校は」

ぼくは性教育は受けている。でもそれは卵子に精子がくっついて云々《うんぬん》の話で、何をどうすれば卵子に精子がくっつくのかは教えてもらわなかった。

お父さんはぼくの顔をじっと見て言った。

「その松本くんの言うのが正しいんだ。お父さんがおちんちんをお母さんのチッにソウニュウした結果、お母さんの卵子にお父さんの精子がくっついて、そうしてお前が生まれたんだ」

ぼくにはかなりショックな一言でした。

「え。そんなことお父さん、お母さんにしたの。お母さん、痛がらなかったの」

「いいか」

とお父さん。

「チッっていうのは、お前の考えてるよりずっと大きいんだ。なにせ、赤ちゃんがそこを通って出てくるくらいなんだからな。とても広い。ことにお母さんのはとても広い」

「へえ、お母さんのはとくに広い」

「おい」

とお父さんがあわてました。

「冗談だ。お母さんに言うなよ」

ぼくは少し考えてから言いました。

「そうなのか。でも、でもそんなこと、特別の日にしかしないんだろ」

「特別の日って」

「たとえば一年に一回、さかりがついた日とかさ」

「ああ、それは」

お父さんはビールを飲んで、なぜか苦笑いしました。

「そうだなあ。めったにはしないなあ。うん。一年に一回くらいだ」

「妹のなずなも、それでできたんだね」

「ああ、そうだ」

「お父さん」

「何だ」

「ぼくも大人になったらそんなことするんだろうか」

「どうだろうなあ。する人もいるし、一生しない人もいることはいるんだろうし。でも、する人の方がずっと多いだろうなあ」

「そうなの」

僕は考え込みました。ぼくは、誰とすることになるんだろう。もし、もしできることなら、僕は河口さんとしたい。玉本くんじゃないけれど、一生に一回でいいから河口さんとしてみたい。そう考えていると、あっという間におちんちんが、大きくかたくなってきました。

「おい、お前、なにをぽーっとしとるんだ」

お父さんが言いました。

「え。何でもない」

と、ぼく。

「そうか。今日はひとつかしこくなったな。日記に書いとけ」

お父さんはまたビールを飲むと、ナイターの方にむきなおりました。

「この前のぎょう虫検査の結果が出た」

と、田井中先生が言うと、教室がざわざわとなりました。

「今から呼びあげる者は、ぎょう虫が発見された者だ。クスリを渡すから、先生の前まで取りにくるように」

教室のざわざわはもっとひどくなりました。

「あ。ひとつ言っておくが、ぎょう虫がわいたからといって、それは何も恥ずかしいことじゃない。なぜぎょう虫がわくかと言うと、それは生野菜をよく食べるからだ。野菜にやる肥《こえ》の中に、ぎょう虫の卵がまじっていることがある。そういう肥のかかった生野菜をサラダなんかにして食べると、卵がからだの中でかえって、ぎょう虫になる。だから、サラダをよく食べる家の子はぎょう虫のわく確率が高い。そういうことだ。だから決して恥ずかしいことじゃない。ぎょう虫のいなかった子は、決してぎょう虫のいた子をいじめることのないように。では今からアイウエオ順に呼んでいくからな。まず、一番は、阿木《あぎ》。阿木定夫《さだお》」

阿木くんが、顔中まっ赤になりながら先生の前へ行きました。教室にはどっと笑い声が起こりました。先生は、紙袋にはいったクスリを阿木くんに渡しながら、

「これを一日一回、朝ごはんの前にのむように。いいな」

「はい」

阿木くんは、まっ赤な顔になりながらも、ピースマークを出して、ひょこひょこと自分の席にもどりました。先生はなおも生徒の名を呼びつづけます。

「宇野《うの》」

「江頭《えがしら》」

「大島《おおしま》」

みんな、照れに照れて、クスリをもらいに行きます。

「河口」

と先生が呼びました。

えっ⁉

教室が一しゅん、シーンとなりました。シーンとなったその後に何とも言えないどよめきがわき起こりました。

〝河口さんがぎょう虫？〟

ぼくは信じられない思いで河口さんの方を見ました。河口さんは、耳のつけ根までまっ赤になりながら、席をたつところでした。

〝河口さんにぎょう虫〟

ぼくはもう一度心の中でくり返しました。

河口さんが先生の前に行ってクスリをもらう間も、いろんな考えが頭の中をかけめぐりました。河口さんが席にもどるまで、ぼくの頭の中は混乱していました。そして、結果的にぼくの頭の中に残ったのは、たったひとつの考えでした。ぼくは、もう、人間でなくてもいい。そうぼくは考えました。できることなら、

「河口さんのぎょう虫になりたい」

それがぼくの結論でした。

# III

## 失恋むはは篇

# 失恋について

1

昔、僕の勤めていた会社の上司に、かなり頭のチューニングの狂った人がいた。九州の西川峰子《にしかわみねこ》の出た村のそのまた奥の村から出てきた人で、毎日毎日、都会生活と格闘《かくとう》しているようなところのある人だった。

僕たちはいつもコンビを組んで営業にまわっていたのだが、あるとき、得意先の担当者と話していて、出身地の話題になった。その担当者は四国の出だということだった。それを聞いたとたんに僕の上司は身をのりだして、「ほう、四国ですか。四国だったならあなた、小宮《こみや》さんという人、知りませんか?」

僕はその瞬間、下を向いて必死で笑いをこらえた。この人は四国というものをいったい何だと考えているのだろう。

担当者のほうは、しばらく目を中空《ちゅうくう》に泳がせて、何かに耐えるような顔つきをしていたが、やがて自分を取りもどしたのだろう。いつもの営業スマイルになって、

「小宮さんですか。いや、知りませんねえ。四国といってもねえ、あれでけっこう……広いですから」

この上司はいたるところでこれをやるので、そのうちに僕はやんわりとたしなめるようになった。

「あのね、尼崎《あまがさき》市といってもね、広いんですよ。人口は七十万人くらいいるんだから。ね？　田川《たがわ》市の中元寺《ちゅうがんじ》とはだいぶちがうんだから」

ところが、一度だけだが驚かされたことがある。そのときの相手は滋賀県の人だったのだが、例によって上司が、

「なに？　滋賀県の守山《もりやま》市。それじゃ、あなた、栗崎《くりさき》という人を知りませんか」

とたずねた。たしなめようとしたところ、相手の人が、

「栗崎？　一本松《いっぽんまつ》の栗崎？　知ってる」

と答えたのだった。守山というのがどういうところかよく知らないが、これはおそらく全くの偶然の一致だろう。そうであることを祈りたい。

これと似た話が雑誌の投書欄にのっているのを見て笑ってしまったことがある。東京に住む大学生からの手紙だが、この学生のところにある日、田舎《いなか》の同窓生が東京見物をかねて会いにくることになった。東京駅まで迎えに行くと、その同窓生は新幹線を降りてホームに立つなり、深々と深呼吸をした。何度か深呼吸をしたあとで、うっとりとして、

「ああ。これが松田聖子《まつだせいこ》のフトモモの間をくぐってきたのと同じ空気かあ」

ま、そういう考え方をされてもいちがいに間違いであると断定はできない。たしかに松田聖子の足の間を通り抜けた空気の粒子《りゅうし》の一個や二個が混じっていても不思議ではない。しかしそれを言うなら、吸い込んだのがガッツ石松《いしまつ》の足の間を抜けた空気である怖《おそ》れだって十分にあるわけだが。

ただ、こういう物の考え方を田舎者呼ばわりして跡形《あとかた》ないほどに笑いとばすことに僕は躊躇《ちゅうちょ》をおぼえる。そういう物の考え方にすがりつくことによって生きていける場合があるからである。

僕の知人で、大阪で仕事をしていた人が、ある日突然東京に引っ越しをしてしまった。仕事の都合かというとそうではなくて、むしろ自分のつちかってきた地元の畑をみすみす捨て去ることになる。東京に友人がたくさんいるわけでもないし、食べていくうえでも生活のうえでもデメリットこそあれ、得なことはひとつとしてない。それなのにどうして行くのかと尋ねると、知人は言い渋っていたがやがて、

「それは、好きな人が東京に住んでいるからだ」

と答えた。

彼はその二、三年前にある女の子に非常に激しい片想いをしていた。が、いろいろな事情があってその想いは通じることがなく、相手の女の子は東京へ出ていってしまった。

その後の風の便りによると、女の子は東京で恋愛をして、その相手と同棲《どうせい》するようになったらしい。

知人は一人大阪に住み暮らして、もうそのことは忘れたものと誰もが思っていたのだが、それほど浅い想いではなかったようだ。

「そうやって幸せに暮らしているのなら、それはそれでいい。住所も知っているけれど、会いに行けるわけはない。絶対に行かないと思う。ただ、東京に住んでいれば、何百万分の一かの確率ででも、道でばったり会う可能性というものがあるだろ。その思いだけがあれば一日一日をやり過ごしていける。それに東京に行くといつもこう思うんだ。あの人が息を吐くだろ。僕が息を吸うだろ。それはつまりひとつの空気をやりとりしていることなんだ。雨がふったらその同じ雨に濡《ぬ》れるということなんだ。ホテルの窓から夜景を見たりすると、いつも思う。あの光の海の中の、どれかひとつが、あの人の住んでいる家の、窓の光なんだ、と。そう思っているだけで生きていける。大阪にいるとね、それがないんだ。ここには何にもない。ここにいる間は生きてても死んでいるのと同じだ。だから、東京に住むことに決めた」

僕はこれを聞いて不覚にも落涙《らくるい》しそうになった。どうしようもない奴《やっ》だ、とは思った。そんな糞《くそ》の役にも立たないセンチメンタリズムをかかえていて、どうやって生きていくつもりなのか、と腹も立った。頭ではそう考えているのだが、体の奥のどこか不可視の部分がざわざわと揺れ動いて共感を訴えてくるのをどうしても止めることができなかった。

2

最近、女性週刊誌からの取材記事のようなものが続いて、「恋愛を成功させるキーワード」だの、「男から見たいい女とは何か」だののノウハウについて意見を聞かれた。もちろんそんなことは知らないので、嘘八百《うそはっぴゃく》を並べ立ててその場を逃げたのだが、そうしたやり取りの中で、僕が、恋愛なんてものは二度としたくない、まっぴらご免だ、と言うとたいてい不審そうな顔をされる。嘘をついていると思われるらしい。

その手の反応を示されるとこちらも不安になるので、送られてきた女性誌を見ると、なるほどと納得がいった。つまり女性誌というものは食べ物の記事を除いては、一から十までが恋愛に関連したノウハウばっかりなのである。それ以来、見ると腹が立つので送られてきてもなるべく頁《ページ》を開かないようにしている。

「おしゃれな恋がしてみたい！」

みたいな特集タイトルを目にしただけで、僕はのど元までゲロがこみあげてきそうになる。人のことだから別に放っておけばよいのであって、「おしゃれな恋がしたい」人は勝手にすればいい。「彼をドキッとさせる、いい女の演出法」なんかも駆使《くし》なすって、飽きてきたら、「お互いが傷つかないための別れのセリフ」を使うといいだろう。ただし、自分自身がこうした腐ったノウハウものに加担することは極力避けることに決めた。

中学生なら話は別だが、恋愛を「したい」という人の頭はどうかしているんじゃないか、と僕は思っている。どうかしているか、なにか別のものを恋愛と勘《かん》ちがいしているかのどちらかだろう。

出会うということが別れることの始まりであるのは小学生にでもわかることだ。「人に出逢《であ》えば、それだけ哀《かな》しみが増えますから」というのは山岸涼子《やまぎしりょうこ》のマンガのセリフだったたろうか。恋愛について語るのは、つまりこれをいろいろな人がいろいろな口調でくり返し語り直しているに過ぎない。

恋におちることとは、つまりいつかくる何年の何月かの何日に、自分が世界の半分を引きちぎられる苦痛にたたき込まれるという約束を与えられたことにほかならない。

マゾヒストなら話は別だが、この世のどこに好きこのんで苦痛を求める人がいるだろう。

だから僕はいつも、病気を避けるように、台風から家を守るように、悪霊《あくりょう》から逃《のが》れるように、つまりそういう祈りに近い感覚で恋愛を遠ざけようとしてきた。もしできることなら脳のどこか、恋愛をつかさどる中枢《ちゅうすう》のどこかにメスを入れてでも、痛みのない平隠な世界に逃れ、不感無覚《ふかんむかく》の微笑《ほほえみ》を浮かべたままで暮らしたいと思っている。

しかし、神様が意地悪でそれを許してくれないならば、せめて「得恋《とくれん》」ではなくて「永遠の片想い」に身を置きたい。

決してかなうことがない想いを抱いて、恒久的《こうきゅうてき》に満たされることのない魂《たましい》を約束されているのなら、それはそれでひとつの安定であり平隠である。失うことの予感に恐れおののくこともない。もともと失った状態が常《つね》の存在のありようであり、哀しみが不変の感情のベースになる。それは一種の「幸福」と呼んでさしつかえないかもしれない。

それが、「意に反して」得恋してしまったときに、人間は「死」に一番近づいている。

想いのかなった至上《しじょう》の瞬間を永遠に凍結させたいと願うからでもあり、愛の最《さい》期《ご》の形として「死に別れ」を望むからでもある。

だから、同じ空の下に想う相手が生きて住むことを幸せに感じ、その人が住んでいる「世界」そのものをも愛《いと》おしむ気持ちでいられる、片想いの状態にある人を見ると、うらやましく思ったりする。

# やさしい男に気をつけろ

恋人と同棲《どうせい》していた友人が、ある日突如として荒れ出した。睡眠薬を飲んでヘロヘロにラリる。大酒を飲んで暴れる、彼女の給料をそっくりギャンブルにつぎ込んでしまう。二人の部屋に女を連れ込んでイチャイチャする、あげくのはてには手を出して殴る蹴《け》るの乱暴におよぶ。

昔からの彼はそんな奴《やつ》ではなかった。

学生の頃から気がやさしくてやさしくてやさしすぎるために世間をしくじったような性格の男だった。

まわりの僕たちは啞《あ》然《ぜん》とした。

そして次に怒り出した。

説教する奴もいたし、絶交を申し渡す奴もいた。

クシの歯がぬけるように彼のまわりから人が減っていった頃、そいつは彼女に愛想《あいそ》をつかされて部屋を叩《たた》き出された。

何年かたってその友人と東京で会って一杯飲んだ。彼はうってかわったように太って元気そうだった。

話が、その彼女の部屋を叩き出された頃のことになった。

「メチャクチャやったね、君は。全然別の人間みたいになってしまって……」

「すまん。すまんけど、あの頃はああするより仕方なかったんや」

「別に言い訳を聞こうと思ってない」

「言い訳?……。君は女と別れたことあるか」

「ふられたのはたくさんある」

「あの頃ね、僕らは愛しあってた。ただ、それだけではどうにもならんことって実際にあるんや、世の中に」

「ふうん」

「人間二人の力でどうしようもないことってあるんや。別れんと二人ともメチャクチャになってしまうみたいな」

「メチャクチャになったらあかんのかいな」

「僕が痛いのは屁《へ》でもないけど、あの娘を道連れにして痛がってるとこ見れるか?」

「ようそんな上等な口がきけるな。痛がらせたのは君やろ」

「ああでもしないと嫌いになってくれへんかったから」

「え?」

「別れんといかんのはわかってたけど、そのままやったら二人とも死ぬほう選ぶような状況やったんや。そやから……」

「嫌いになってもらえるまでメチャクチャしたんか」

「叩き出してくれるまで、やった」

「アホかお前は」

「アホや」

「いばるな」

僕はこの話でほんとにこの友人を嫌いになった。

たしかに一見いい話なのだが、ここからはナニワブシとかカツオブシの日本人の腐臭《ふしゅう》がぷんぷんと漂ってくる。

公開質問状を出してもいい。

①どうして、死んでもいいから「二人で」立ちむかっていかなかったのか。痛みのない岸辺へ彼女をたった一人で送り出すようなことのどこが「やさしい」のか。

②「最低の男」に自分がなることで別れ得たとする。それで彼女の傷が軽くなると思うのは女を馬鹿《ばか》にしているのではないか。一緒に愛し合って暮《くら》した何年間かを「私の目の狂いでした」ですませるようなそんなバカな女がこの世にいると思っているのか。では「想い」とは何の意味もないガラクタであり錯覚であり、それのないところにいれば我々は「傷つかないから幸せ」でいられるのか。

③結局この男は、自分を「やさしい」と思いたいために「ほんとはやさしい無《ぶ》頼漢《らいかん》」を演じたにすぎないのではないのか。

この答えはきっと返ってこない。彼は今年の春に肝炎《かんえん》で亡くなってしまったからだ。

ただ、僕は検事側にも弁護側にもまわりたい気はある。

それは彼が「男」という概念《がいねん》の、それもいちばん不毛なところに感化された犠牲者だということだ。「男」だから「女」に痛みを与えてはいけない、という妙ちくりんなオブセッション。

そのくせ、そんなご立派な騎士道《きしどう》の馬に乗って男たちは女を踏みつけてきた。瓜畑《うりばたけ》の瓜のようにグシャグシャ踏みつぶしてきた。

ハードボイルドの馬鹿な人たちを見ているとよく思う。

「やさしくなければ生きていけない」

彼らは自分にやさしいだけだ。「男伝説」に憑《つ》かれた病人だ。

そしてこんなバカをたっぷりと受けてくれるお皿がある。

「第一条件わぁ、やさしい人」

と答えている百人中九十人くらいの中の一人のアナタである。

この手の話を書くといつも最終的に僕はひとつの美しい想念を思い浮かべてし

まう。

原初、人間はひとつの卵状の球体だったという話だ。それが神の怒りで男と女の二つにわかれてしまった。それ以来おたがいを求めあってくっついたり離れたりの永久運動をくり返している、という。

ベッドの中で僕たちは原初の卵を形成しているのだと考えるとセックスもまんざらではない。

# 恋づかれ

結婚してからいくつも恋をした。

何かいきなり大変なことを書いてしまったみたいだが、タイトルに「告白」という二文字がついている以上、このくらいのことは言わないと羊頭狗肉《ようとうくにく》になってしまうだろう。

「不倫《ふりん》」という実にいやな言葉があるが、指をさされて「不倫!!」と言われればたしかに不倫以外の何物でもないのだから、一言もない。

一言もないけれど、一言だけ言わせてもらえれば、そういうことを言う人は、結婚というシステムや、モラルという、種族にとっての安全バルブの味方であって、決して斬《き》れば血の出る人間の味方ではないような気がする。

一言もないけれど、もう一言だけ言わせてもらえれば、恋におちてしまうのは僕の責任ではないのだ。

そいつはいつも、まったく何の予兆もなくいきなりやってくる。チャイムでも鳴らしてくれれば逃げる手もあるのだが、散歩に行こうとドアをあけると、いきなりそこにヌッと立っているのだ。アッと思ったときはもう遅い。

そのへん、恋というのは、家賃を取りにくる管理人とかNHKの集金人に似ている。

そうやって恋におちるたびに、僕はいつもボロボロになってしまう。何日も家に帰らない。

しかし別に「不倫の密会」を重ねているわけではない。

熱でうなされたようになって、相手への想いではちきれんばかりの頭をかかえ、ただただ夜の街をほっつき歩いているのだ。

そのへん、恋というのは病気に似ている。

ただし、それは世界で一番美しい病気だろう。

そんな風に、目に見えない力に引き裂かれるような思いで、痛い痛い夜々《よよ》を過ごすのだけれど、それに対する報《むく》いというものは何もない。キスをするとか、一夜を共に過ごすとかいうことが報いだと思える人は幸せである。(何か口調がキリストみたいになってきた)

稲垣足穂《いながきたるほ》は、かつて恋愛と結婚のことについて、

「結婚するということは、恋愛という『詩』から日常という『散文』へと下《くだ》っていくことです」

と述べている。

確かにこれ以上の的確な表現は他にないだろう。恋愛を「関係」という見方でとらえてしまうと、そこには至高の瞬間から退屈《たいくつ》な日常への地獄下りが待っているだけの話である。

コーヒーには砂糖を入れるのか、カポーティは好きか、セックスは上手《じょうず》か、明日の夜はどこにいるのか、犬派か猫派か、ビリヤードはできるか、私のことを好きか、好きならどこが好きなのか。

そんな会話がテーブルの上に山積みになっていき、やがてゴロゴロと転がり落ちてイヤな音をたてる。

これが、「関係」で組み立てられた恋愛のなれのはてである。そいつはどこか、日々のつながりの先っぽの方で、メソメソと細くなって終わっていくにちがいない。

そのへん、恋というのは山イモに似ている。

ただし、稲垣足穂は別の場で、

「詩というのはね、歴史性に対して垂直に立っているのです」

と言っている。

これはそのまま、

「恋愛は日常に対して垂直に立っている」

と言いかえても間違いではない。

極端に言えば、恋愛というのは一瞬のものでしかないのかもしれない。唇と唇が初めて触れあう至高の一瞬、そこですべてが完結してしまい、それ以外は日常という散文への地獄下りなのだ。

ただし、その一瞬は永遠を孕《はら》んでいる。

その一瞬は、通常の時間軸に対して垂直に屹立《きつりつ》していて、その無限の拡《ひろ》がりの中に、この世とは別の宇宙がまた一つ存在しているのだ。

「昨日テキサスで始まった恋が、四千年前のクレタ島で終わる」

というのはトマス・ウルフの言葉だけれど、今夜、街のどこかで向かい合っている唇と唇の間の何センチかの中に、永遠の時間と、無限の距離と、そして無数の激痛をともなう夜々がうずくまっているのだろう。

僕のようなヤワな人間がその中で引き裂かれるのも無理はない。

そうやって痛い思いをすると、もう二度と恋はごめんだと思う。

フッたのフラレたのという問題ではない。「嚙《か》まれた夜も痛いけれど嚙んだ夜も痛い」のだ。

金輪際《こんりんざい》ごめんだと思っているにもかかわらず、またやってしまう。

そのへん、恋は二日酔《ふつかよ》いに似ている。

しかし、言い訳ではないけれど、こういうことなのかもしれない。

もし誰をも愛していないとしたら、結局僕は「いない」のだ。

闇《やみ》の中で、「想い」だけが僕の姿を照らしてくれているような気がする。それ以外のときは僕は一個の闇であり、一個の不在でしかない。
そのへん、恋は灯台にも似ているようだ。

# あこがれの〝小〟娘

　おれは小さい女の子が好きだ。ロリコンという意味ではない。身長の話だ。だいたい百五〇センチメートルくらいのショートカットで愛くるしい顔の女の子に会うと、

「おっ」

と思ってしまう。何が「おっ」

なんじゃと自分でも思ってしまうのだが、「あっ」ではなくて、もちろん「いっ」でもない、「うっ」にあらず「え?」ではない。ここはやはり「おっ」だろう。

　去年おととしとアムステルダムに遊んだがヨーロッパの女性というのはやたらに背が高い。高い上に全身のバランスがとてもよくて足はスラリと伸び、お尻は

キュッと締まっていて胸はツンと高い。カフェに坐《すわ》って道行く女性たちを眺めていると確かに美しいな、とは思うのだが、それは美しいオブジェを見たときの賛《さん》嘆《たん》の感動であって、

「おっ」

ではない。

何が違うかというと、小さな娘《こ》には大きい人にはないコケットリーがある。膝《ひざ》の上にすっぽりと抱きとって頬《ほお》ずりしてやりたいような。これがヨーロッパの巨大女性ではそうはいかない。きっと両手足がはみ出してカニの怪物を抱いているような按配《あんばい》になるだろう。

つまるところ、小さな娘には、「守ってやりたい」「おれが守らなくて誰が守る」といった気にさせる何かがあるのだ。

ところが現実はなかなかそううまくはいかなくて、おれの理想とする、はかなげで小さな娘というのはなかなかいない。たとえばおれの劇団にはOちゃんというとてもかわいい子がいるが、この子がある日、パッとおれの方を振り向いて、

「らもさん。タイって中国ですよねっ」

「……。え、何だって？」

「タイって中国ですよね」

言葉を失うことしばし、おれはOちゃんに言った。

「君、ちょっと世界地図書いてみてくれへんか」

出き上がった地図はものすごいものだった。アメリカとイタリアが隣り同士にある。

「すると君、アメリカからイタリアは電車でいけるのか」

「はい。でもお金持ちしかいけないのです」

小さくてちょっと可愛《かわい》いな、と思っていてもこれなんだから気を許せない。

リリパット・アーミーの座長のわかぎゑふはこれまた身長百五〇センチメートルくらいだ。顔はシュッと切れ長の目で、可愛い。

しかし、これがまたおれの思うようにはいかない。日茶苦茶《めちゃくちゃ》に気が強いのである。おれなんか年に五十発くらい張り手をもらっている。その張り手がまた強烈なのである。ときたまいい所に入って、クラクラッと倒れそうになることもある。

理想の小さな娘《こ》。まあいたとしてもおれにはどうすることもできないのだが。

# 灯りの話

僕は商売で歌の詞を書くということはほとんどしないけれど、コマソンはたまに書く。おととし、神戸のカネテツデリカフーズという会社のCFをつくらせてもらったときに書いたCMソングの、以下は歌詞である。演奏は憂歌団《ゆうかだん》にやってもらって抜群のできだったが、レコードにはなっていない。僕だけがこの〝幻のテープ〟を取り出して、ときどき聞いている。

遠い窓のキャンドル
痛いほど見つめてる
この街のどこかにきっと
あの娘《こ》の窓がある

遠くから来たんだ
闇《やみ》しかない国から
この夜のどこかで輝いてる
あの娘の窓　夢見てさ

小石を投げるから
窓を開けておくれよ
岬が入江を抱きしめるように
おいらを抱いとくれ

この歌はたまたまクリーデンス・クリアウォーター・リバイバルを久しぶりに聞いていて、その中の「光ある限り」という曲からイメージが湧《わ》いてきて書きとめたものである。

「光ある限り」はバラードタイプの美しい曲で、"Sixteen candles in the wind" という出だしで始まる。僕は英語のヒアリングがあまりよくできないのだが、〝窓からこぼれる光を目指して、俺は家に帰るんだ〟みたいな内容らしい。訳詞《やくし》をつくるわけではないので別に対訳はいらない。その場でこのイメージをもとに詞をつくってしまった。

僕は自分のバンドのレパートリーをつくるときによくこの手を使う。古いヒットナンバーで、メロディーと出だしの文句だけ覚えているような曲がある。無性に演奏してみたいのだが、そういう曲に限ってレコードも歌詞カードもない。仕方がないのでイメージをもとに自分でつくってしまう。盗作《とうさく》だと言われれば盗作なのだが、そうでないと言えばそうではない。この「光ある限り」も歌詞を書いて曲を変えて、まったく別のものにしてCFに使った。

遠い我が家からこぼれる光を目印にして家路《いえじ》をたどる、というイメージは美しい。その窓の灯が恋しい人の窓であればもっと美しい。たずねる男はジャン・バルジャンのような中年の放浪者《ほうろう》がいい。窓からこぼれる光は、「マッチ売りの少女」が見たような、暖かくて幻想的でうまそうな食べ物の匂《にお》いの混じった光であるはずだ。大都会の光の洪水の中でひとつだけちがう光り方をしているのでそれと見わけられるのだろうか。それともビートルズの「ロング・アンド・ワインディング・ロード」のように、羊腸《ようちょう》の道を登りきった丘の上の一軒家《いっけんや》だろうか。ああるいは「ホテル・カリフォルニア」のように、砂漠の向こうで女主人がかざすランタンの光のようなものだろうか。どれでもよいような気がする。

もう十年も前になるだろうか。初めて仕事で東京へ出てきて、高層ホテルの窓から東京の街の灯りを見おろした。この広大な光のじゅうたんの中の、どれかひとつの光が、まちがいなく僕の想う人の窓の灯りなのだった。それは砂漠の中でひとつのピンを探すようなことで、またそんなことをするような縁の人でもなかったけれど、この光の渦《うず》の中にその人の住む家の窓の灯りがあるのも、またまちがいのないことだった。

僕は眼下の光を見おろしながら、自分のセンチメンタリズムの途方もない女々《めめ》しさを嘲《あざけ》った。人間はそんなことを考えていては生きていけないのである。だからその想いはCFソングにして金にかえ、その金でしこたま酒を飲んだのだった。

## 恋の股裂《またさ》き

この前、テレビのインタビューを受けてずいぶん困ってしまったことがあった。受験なのに女の子に恋をしてしまって勉強が手につかなくて困っている高校生の男の子にアドバイスをしてくれ、と言うのである。これに答えるのはむずかしい。

「どうしても答えなきゃいけないんですか」

と尋ねたが、それは当たり前だ。ギャラをもらう以上、答えなければいけないのだ。僕自身、十八で高校三年生のときに強烈な恋におちてしまって、勉強どころではなくなって、あげくに浪人をした経験がある。浪人の間もデートばかりしていて、恋愛の歓喜と将来に対する絶望とで「恋の股裂き」にあっているような一年だった。大阪芸大になんとかもぐり込めたので、それで四年間の執行猶予《しっこうゆうよ》ができたけれど、もう一年浪人していたら彼女をとるか大学をとるかみたいな決断を迫られたろうと思う。仮定でものを考えても意味はないけれど、もしそうなっていたら、僕は学校のほうをあきらめただろう。恋というのはそういうものだからだ。だからそのテレビのインタビューに対しても、恋に悩む男の子に対しては、

「運が悪かったですね」

と、まずなぐさめるより仕方がなかった。その上で、

「もし彼女を捨てて勉強ができるものならばそれに越したことはない。ただ、それは結局恋ではなかった、ということです。ほんとうの恋というものは、自己保存の本能をも突き破って、ときには自分を死に至らしめるほどの、あらがいようのない力を持ったものです。制御《せいぎょ》できるとすれば、それはつまり恋ではなくて、〃性欲〃とか〃同情〃とか他の言葉で代替《だいたい》できるものなのです」

という風に答えた。

恋に一番似ているものをもしひとつだけ挙げるとするならば、それは「病気」だろう。それは人間を判断不能の状態になるまで熱であぶり、好むと好まざるとにかかわらず人に襲いかかってくる。受験期にそういうものに襲われた人に対しては、

「運が悪かったですね」

と言うよりほかにどんな言いようがあるだろう。タイミングが実にまずかったのである。もしそれが「仮性《かせい》恋愛」で克服のきくものならば何とかなるだろうけれど、真性《しんせい》のものであれば、まず勉強なんかはできないはずだ。もしもその子が、「自分の将来のことを考えて、この一年は勉強に専念して、恋愛は来年の春まで凍結しときます」

みたいなことのできる奴《やつ》だったら、そいつはずいぶん「いやな奴」だと思う。そんなことの可能な人間はどうせ恋愛の苦痛も歓喜もわかりはしないのだから、せいぜいエリートになってお見合結婚でもすればいいのだ。恋愛はたしかに「病気」で、それはときには死に至る病であるけれども、同時にそれは「世界で一番美しい病気」でもある。かかった人は災難だとも言えるし、幸運だとも言える。恋愛が人間の魂《たましい》を運んでいく高みというのは途方もないものだ。そこまで人間を運んでくれるものといえば他には「宗教的法悦《ほうえつ》」があるのみなのだ。高いところは怖いが気持ちがいい。そこからは美しいものも醜いものもすべてが見渡せる。一度そこまで昇った魂を地上へ引きずりおろせるのは「失恋」だけである。「受験」だの「親の説教」だの「自分の将来」だのでは決してない。

僕が恋愛というものをこれほど「認める」のは、自分の中に一種の「歪《ゆが》み」があるからではないか、と思うときもある。中学一年から高校の三年までを男子校で過ごしたために僕は現実の女の子というものを見すえる能力を持たないままに育ってしまった。僕の中では女性というものが「天使」と「娼婦《しょうふ》」の二つの要素だけにくっきりと分かれてしまったのだ。現実の女の子というものはもちろん「天使」でも「娼婦」でもなく、あるいは「天使が四分で娼婦が六分」みたいな混合物でもない。女の子はただ「女の子」であるだけなのだが、そこのところが実感としてよくわからない。これはいろんな人に尋ねてみても、男というものは多かれ少なかれこうした固定観念を持っているようだ。現実の女の子をスペクトル分析して「聖」と「俗《ぞく》」の二要素に分けようとする。スペクトル分析はスペクトル分析に過ぎないのであって、そこに女の子の実態はない。ただそれでも分光《ぶんこう》器《き》の画像のみを見つづけていると、「後藤《ごとう》久美子《くみこ》はウンコをしない」みたいな一種の狂信的天使崇拝《すうはい》におちいってしまう。その対極では「女はみんなメスだ」といった唯物的《ゆいぶってき》女性観が肥大《ひだい》していく。こちらの側《がわ》の人間は大人のオモチャを買ってきて女の子をレイプしたりする。多くの場合は一人の女の子の中にこの「天使崇拝」と「娼婦願望」がひそんでいて、心の中でジキルとハイドが戦争をおっ始《ぱじ》めることになる。何のことはない、現実を見すえようとしない自分の中の抽象性が女の子という鏡に反射して自分自身を引き裂いているのである。これもまた「恋の股裂き」の一種だろうか。

そうやって両極に引き裂かれながら、少年期の僕は結局、「天使」にも「娼婦」にも声をかけることができずじまいだった。というよりは一種の女性恐怖症におちいってしまったのである。女の子が前にくると全身が硬直して一言もしゃべれなくなってしまった。アガッていると悟《さと》られるのはいやなので、つっけんどんにふるまう。そのうちに〝あの人は女嫌いだ〟という定評《ていひょう》がたって、女の子たちは僕のことを「放っておいて」くれるようになった。ありがたいやら情けないやら、このまま出家して坊主になろうかと思ったのが僕の十代だ。

学生のうちはだめだったが、社会に出て働き始めてからこの対人恐怖症は少しずつ治っていった。営業マンになったので「女の人とは話せません」では通用しなくなったのだ。仕事先のＯＬや、下請けのおばちゃんなんかと毎日話をしているうちに、一日一日、薄紙《うすがみ》をはいでいくように治っていく。天使もいなければ娼婦もいない。「天使で娼婦」である二面夜叉《やしゃ》みたいな人もいない。あるのはただそこに生きている「女の人」だけである。スペクトル分光器の焦点が合いだして、だんだんと実像に近いものが結ばれ出したのだ。

ある夏の日、得意先の会社がはいっている雑居ビルの階段をのぼっていると（そこは古いビルでエレベーターもなかったのだ）、上のほうの踊り場のあたりで何やらバサッバサッと変な音がしている。下からのぞいてみると、得意先の経理の女の人が、あんまり暑いものだから階段の踊り場でスカートをバホッバホッとはためかせて、股《また》の間に風を入れているのだった。その人はいつも仕事の応対でしゃべるけれど上品で、かといってすましてもいない、ごくふつうの、感じのいい女の人なのである。その人が階段の上でスカートをパタパタさせて「悪い空気」を追い出しているのだ。下から見るとパンツがよく見えるので僕はどうしようかと思ったが、その人はやがて僕がのぼってきているのに気づいて、

「あらぁっ！」

と言って恥ずかしがった。その様子がどうこういうことではなくて、そこにいるのはつまり「女の人」であるだけの「女の人」で、天使でも娼婦でも何でもない人だった。僕の中で女の人の実像がくっきりと結ばれたのはその頃からである。現実の女の人の中に天使を見てそれに恋するのでもなく、娼婦を見て肉欲を湧《わ》かすのでもなく、ただそこにいる「女の人」を見、会話することができるようになった。困ったことに現実を直視した上でなおかつそれでもおちいってしまう恋愛は、天使へのそれよりも娼婦へのそれよりも重い症状を示す。病気としては最悪のものだ。相手が抽象でないだけに引力も強い。不治《ふち》の病といってもいい。「運が悪い」と思ってあきらめるしかないのかもしれない。ツルカメ・ツルカメ……。

# サヨナラにサヨナラ

空気が冷たく澄んで星の美しい季節になった。この季節が僕は大好きで、真夜中にコンビニエンス・ストアや貸《かし》ビデオ屋に寄った帰り道、水っ鼻《みずっぱな》をすすりながら夜空をよく見上げる。冬の夜空の星は豊かな果樹園に実る葡萄《ぶどう》の粒のようで、手を伸ばせば届きそうに思われる。そんな星空を一分でも二分でも見上げていると、この世の瑣末《さまつ》な悩み事などどうでもよくなってくるし、自分の生き死にさえたいした問題でなく思えてくる。

空を見上げるとき僕が見ているのは「空いっぱいの悠久《ゆうきゅう》の過去」である。そこに今見えているのは宇宙の開闢《かいびゃく》以来の過去を、同時に空いっぱいの光として見ているのだ。たとえば天の川《あまのがわ》を見る。天の川は我々の住む銀河系の総体であって、太陽系はご承知のようにそのごく端《はし》っこのほうにある。円盤型《えんばんがた》のこの銀河の大きさは約四万光年とされている。つまり天の川の中の光のひとつは四万年かかってこの地球に届いたものなのだ。金星や火星が何分か前に出した光と四万年前に放たれた光とを我々は同時に見ているわけである。

四万年どころではない、アンドロメダ星雲などは二〇〇万年前の光だし、望遠鏡をのぞけばもっともっと過去の光を見ることができる。夜空は時の悠久の流れを一望のもとに照らし出すスクリーンなのである。そのスクリーンの中には、この宇宙開闢のときの姿さえ見出《みいだ》すことができるのだ。

ビッグバン理論によれば、宇宙は超高密度のボールくらいの大きさのものから膨張が始まって、それ以来膨張し続けている。我々の銀河は秒速一〇〇〇kmの速さで「後退（前進？）」を続けているが、これは宇宙の「端」へ行くほど速度が大きいわけで、現在の観測では光速の九〇％の速度で後退している天体までが発見されている。

逆に、空が過去のすべての姿を映しているのなら、宇宙開闢のビッグバンの残した光も当然あるはずだ。ただし正確にいうと、原初の宇宙には光はない。あまりの超密度のため、光がすべて吸収されるブラックホールになっているからである。見えるとすればそれはビッグバンより後の光がブラックホールの前を「よぎる」姿である。これは「黒体輻射《こくたいふくしゃ》」と呼ばれていて、一九六四年にベル電話会社研究所のペンジャスとウィルソンの二人の技師が、マイクロ波のアンテナの雑音を測定する実験から偶然発見した。

詳細を言いだすとキリがないが、それら黒体輻射の発見などから、今の宇宙の膨張は少なくとも一〇〇億年前くらいまではさかのぼることができる。一〇〇億年である。だから自分の一生などはそれにくらべると瞬間ですらない。だからこそ大事でもあり、たいした問題でなくもある。

ところでこうしたことを考えているうちに僕は奇妙なことに考えついてギョッとしたことがある。我々はこうして夜空に「過去」を見ているわけだが、それなら厳密にいえば、我々が目にするもの森羅万象《しんらばんしょう》、何ひとつとして「現在」のものはない。我々が見ているのはこれすべて「過去」なのである。

たとえば我々は太陽を見るが、それは厳密にいえば今から八分前の太陽の姿である。遠い丘の上で恋人がこっちに向かって手をふっているのが見える。その丘が一km向こうだとすると、その恋人の姿は光速の「二九万九〇〇〇km分の一秒前」の姿である。海外へ電話をすると、相手の答えがほんの少しの間合いでずれるが、あれをもっともっと微細《びさい》にしたようなことが視覚の世界でも起こっているわけだ。たとえ僕の目の前のテーブル越しに、愛する人が笑っていたとしても、それは「無限分の一秒」過去の笑顔なのである。

人間の実相《じっそう》は刻々と変わっていく。無限分の一秒前よりも無限分の一秒後には、無限分の一だけ愛情が冷めているかもしれない。だから肝心なのは、想う相手をいつでも腕の中に抱きしめていることだ。ぴたりと寄りそって、完全に同じ瞬間を一緒に生きていくことだ。二本の腕はそのためにあるのであって、決して遠くからサヨナラの手をふるためにあるのではない。

# 不能な恋

劇場の通用口を出ると何人かの女の子がたむろしていた。

「出待ちだ」

おれはほろ苦い思いで少しだけ笑った。

「出待ち」というのはコンサートや演劇で、通用口から帰ろうとするミュージシャンや役者を待っている女の子(もしくは少数の男の子)のことである。

その日は十人程の出待ちが凍《こご》えるような寒さの中で待っていた。

しかし今夜のおれはそれどころではなかったんである。泊るところがない。制作の手違いでホテルをキープしていなかったのだ。(劇場で眠ろうか。しかしこの寒さだ。深夜になれば本多劇場は凍えるような寒さになるに違いない)

友達はいる。しかし彼等の住んでいるのは南砂《みなみすな》だ。この下北沢《しもきたざわ》からタクシーに乗れば一万円くらいするだろう。

新宿へ行ってサウナかカプセルに泊ることも考えた。しかしおれは二十年前にサウナでホモのおっさんに追いかけられた苦い思い出がある。中年の魅力を発散する今となっては、何人に追いかけまわされるか解《わか》ったものではない。

考えながら通用口を出ると一人の女の子が寄って来た。

「あのう、らもさん。これ、受け取っていただけません？」

「何、これ」

おれは無遠慮にもその場でバリバリと包装紙をはがした。

「おう、ワイルド・ターキーだ」

「お好きだと思って」

「お好きだよ。でもどうせなら君の部屋で一緒に飲みたいな」

「え～、いいんですか。狭いし汚いですよ」

「おれが掃除してやるよ。ワイルド・ターキーらっぱ飲みしながらね」

タクシーをつかまえて中野坂上まで飛ばす。タクシーの中でゆっくりと彼女の顔を見ると、これは大変な美人であることが解った。細面《ほそおもて》で少し長めの顔。それが彼女の表情を知性的なものにしていた。

「夢みたい」

と、彼女が言った。

「何言ってるの。おれなんか書き物ができなきゃ、ただのホームレスのおっちゃんだよ」

「でも、らもさんが急に家に来るなんて。あたしどうしよう。そうだ〝ミザリー〟みたいにしようかしら」

「おれはそれでもいいよ。鉛筆と紙と箱馬が一つあればね」

ばかなことを言っているうちに中野坂上の彼女のマンションに着いた。

1Kのマンションで小ざっぱりと掃除が行き届いていた。というよりは、物が何もなかった。

おれはキッチンの床に座り込むと早速バーボンの蓋《ふた》を開けて、ぐびりと一口飲んだ。彼女が座蒲団《ざぶとん》とグラスを二つ持って来た。

これで少くとも今夜の宿は確保した。しかもバーボンと美女付きだ。しかし本当のところをいうと、おれはこういうシチュエイションに弱い。大変に弱い。いっときでも早く酔っぱらっちまおうと、おれはバーボンをごぶごぶとあおった。

ところが、彼女の方を見るとおれに勝るとも劣らない飲みっぷりなのだった。ストレートを争うように飲んでいると、夜中の四時になった。最後の一口をどちらが飲んだのか、今となっては覚えていない。

「お酒なくなっちゃったし、もう寝ましょう」

と、彼女が言った。

キッチンの隣の部屋にはダブルベッドが置かれており、それはこの六帖《じょう》の部屋のほとんどを占めていた。

部屋に不似合いなこのダブルベッドは、彼女のかつての幸福の象徴なのではないか。おれにはそんな気がした。

広いベッドに二人で潜《もぐ》り込んだ。

「キスしよう」

そう言うとおれは彼女に深々と口づけをした。そして丁寧に彼女の服を脱がせていった。彼女の乳房はパパイヤを二つに割ったようで、まだ少し固い感じがした。

おれはトドの雄《おす》のように彼女の身体の上にのしかかった。そして、そのときおれは初めて知ったのだ。おれはインポテンツになっている。

それでもおれと彼女の付き合いは続いた。何十というレストランを訪れ、何十というバーにしけ込み、そして何十という夜をダブルベッドの中で過ごした。セックスに関していえば一から十までオーラルなそれであった。それでも彼女は文句一つ言わず、おれの舌が触れるたびにいい声で鳴いた。

いつの間にか四ヶ月が経っていた。いつものダブルベッドの上で、おれはいつもとは違う感触を覚えていた。おれのそれは岩のようにそそりたっていた。

ついにその日が来たのだ。

おれは喜び勇んでトドの雄のように彼女にのしかかった。そして屹立《きつりつ》したものは彼女のあるべき所に納まった。おれは闇《やみ》の中にはっきりと見た。彼女の優しい微笑《ほほえ》みを。

次の日おれは彼女に振られた。

インポテンツでない男には興味がない、彼女はそういう種類の女であるらしかった。

## LADY A

島に行こうぜ　月も狂《くる》い頃《ごろ》
島に行こうぜ　あの舟で二人
島に行こうぜ　目に砂をかけられた
愚か者のふりで

砂に埋《う》めてくれ　目も耳も口も
砂に埋めてくれ　君の与太者《よたもの》を
砂に埋めてくれ　街に見つからないように
みなしごのように　ついてくるから

OH, LADY LADY LADY LADY LADY A
今夜こそ抱き寄せて
OH, MAYBE MAYBE MAYBE MAYBE
MAYBE TONIGHT
君の港に舟をつなぎたい

車を停めようぜ　あの波打ち際《ぎわ》に
車を停めようぜ　鳥は沈む魚は浮く
車を停めようぜ　あの壜《びん》づめの手紙が
打ちあげられる　渚《なぎさ》で

# 中島らも略年譜

一九五二年――昭和27年

四月三日、兵庫県尼崎市、国鉄（現JR）立花駅付近の歯医者の次男として生まれる。本名・中島裕之《なかじまゆうし》。生まれてから最初の記憶は、何と!! 生後約九ヵ月。「母親のおっぱいが眼の前に迫ってきたのを覚えていて、思わずかぶりついた。生家は歯医者であったが、その時の母の背後にあった薬棚の様子を記憶していて、三、四歳の時、母に云ったら驚いていた」。その時はもう引っ越していて、引っ越す前の生家の風景を覚えていたことになる。

一九五九年――昭和34年…七歳

尼崎市立七松小学校入学。秘密結社「スカートめくり団」結成。団長として君臨。

一九六二年――昭和37年…十歳

神戸市立本山第一小学校に転校。親に言われるまま勉強に励む一方、早熟さを発揮、性に目覚める。貸本と出会い、以降完全にハマる。よく借りたのは「忍者武芸帳」などの白土三平もの。「白土さんの劇画は女の人の〝湯浴みシーン〟があって子ども心にコーフンした」。他にはつげ義春の今となっては珍しいチャンバラものもよく読んだ。

一九六五年――昭和40年…十三歳

超進学校、灘中学校に学年で八番の成績で入学。

一九六六年――昭和41年…十四歳

初めてギターを手にする。友人Yとバンド「ごねさらせ」結成。雑誌「ガロ」へ漫画の投稿をはじめる。「ガロには、とにかく〝暗い〟作品でないといけないと思い、背景もまっ黒にして二四頁の大作を描いた。内容はよく覚えていないが〝水準には達しているが、長すぎる〟と云われた。それで、もう漫画を描くのはあきらめた」

一九六八年――昭和43年…十六歳
灘中学校卒業、灘高校入学。

一九六九年――昭和44年…十七歳
この頃から酒を呑み始め落ちこぼれ組に。「高二のときの修学旅行で日本酒を一升近く呑んでしまい、酔っぱらって倒れてしまった。島原ということで友だちがツマミに〝生のパイナップル〟を用意したのもまずかった。体育の教師に〝この安月給！〟と悪態をついたりしたが、この先生が酒を吐かせてくれ、その上で大量の水を飲ませ、あったかくして介抱してくれた。いい先生であった」

一九七〇年――昭和45年…十八歳
酒は高三から本格的に呑み始め、トリス二本ぐらいは平気という酒呑み人生が始まる。
灘高校三年生。神戸・三宮のジャズ喫茶「ニーニー」にて、神戸山手女子短大の長谷部美代子と出会う。ジャズ喫茶ゆえ、デートの会話は「筆談」であった。「コーヒーが一杯一二〇円。いつも三時間以上ねばったが、二時間たつと〝追加〟を取りにくるのが、ナンギだったな」

一九七二年――昭和47年…二十歳
一年予備校（神戸YMCA）通いの後、大阪芸術大学放送学科入学。

一九七五年――昭和50年…二十三歳
（旧姓：長谷部）美代子と四年の交際を経て学生結婚。
大学卒業。卒論は「放送倫理規定」。「吉本新喜劇の芸人、平参平のギャグ〝かっくん歩き〟がテレビで差別的だとされてできなくなった頃だった。放送禁止の事例集を集め、その問題点をまとめてみた」
コピーライター、コント作家を経て、小説家になる中島らもの問題意識がこの時すでにある。
一九七六年――昭和51年…二十四歳
印刷会社㈱大津屋に就職。長男・晶穂生まれる。
一九七七年――昭和52年…二十五歳
十二月、宝塚市に家を購入。三十年ローンで月二万七千円。
一九七八年――昭和53年…二十六歳
長女・早苗生まれる。子どもの名前は「食いっぱぐれがないようにと、〝穂〟と〝苗〟をつけた」という。
一九七九年――昭和54年…二十七歳
自費出版で散文と詩による『全ての聖夜の鎖』発行（二〇〇〇年、文藝春秋より復刻刊行、二〇一四年、復刊ドットコムより二度目の復刻）。この時のペンネームは「らもん」。「らもん」は無声映画時代の剣戟スタア、羅門光三郎からとったという。

一九八〇年――昭和55年…二十八歳
バンド「PISS」結成。ほかのメンバーは当時の中島家（ヘルハウス！）の居候組、角谷美知夫（腐っていくテレパシーズ）ギター、アカ（のちにラフィンノーズに参加）ベース、

Ahim（ドイツ人画家）ドラム、鈴木創士・キーボード。大津屋を退職。コピーライター養成講座に通い、大阪電通の故・藤島克彦氏と出会う。

一九八一年――昭和56年…二十九歳
三月、広告代理店、㈱日広エージェンシーに就職。この頃からコデイン中毒に。以後、咳止めシロップを飲み続ける。

一九八二年――昭和57年…三十歳
鬱病発症。ペンネームを「中島らも」とする。「らもん」から「ん」をとったのは、「らも」の方が書きやすくて読者からのお便りも多くなるのではないか……と、まあ軽い気持ちで「らも」に。「宝島」でかねてつ食品㈱（現カネテツデリカフーズ）の広告「啓蒙かまぼこ新聞」を連載。

一九八三年――昭和58年…三十一歳
大阪の情報誌「プレイガイドジャーナル」でかねてつの広告「微笑家族」を連載開始。「啓蒙かまぼこ新聞」でTCC賞準新人賞受賞。「テレビは家具だ」などのコーナー、竹中直人らのコントが話題をさらった伝説のテレビ番組「どんぶり5656」（よみうりテレビ）にコントを提供。自らも出演（十月～翌八四年三月）。

一九八四年――昭和59年…三十二歳
「明るい悩み相談室」朝日新聞大阪本社版日曜版「若い広場」にて連載開始。「月光通信」（FM大阪）でディスクジョッキー開始。「啓蒙かまぼこ新聞」OCC賞、カネテツデリカフーズ「父の日」全面広告で神戸新聞広告賞受賞。

一九八五年――昭和60年…三十三歳

「プレイガイドジャーナル」で「たまらん人々」の連載開始。日航機事故でコピーライターの師である藤島克彦氏死去。シティボーイズ、中村有志らのコント、音楽ライヴ（登場したのは、シーナ&ザ・ロケッツ、レベッカ、BOØWY、戸川純ほか）、トークが一体となった番組「なげやり倶楽部」（よみうりテレビ）で構成とMCを務める。

一九八六年――昭和61年…三十四歳

二月、最初の単行本となる『頭の中がカユいんだ』（大阪書籍）を刊行、出版パーティーは大阪・ミナミのオカマパブであった。六月、初代マネージャーでもあるわかぎゑふと笑殺軍団リリパット・アーミー旗揚げ。七月『舌先の格闘技〜必殺へらず口大研究〜』（アニマ二〇〇一）を刊行。バンド「中島らも&ザ・リリパット・アーミー」を結成。

一九八七年――昭和62年…三十五歳

日広エージェンシー退職。七月、大阪・北浜に「㈲中島らも事務所」設立。十一月〜十二月、アルコール性肝炎で池田市民病院に五十日間入院。一月『中島らもの明るい悩み相談室』（朝日新聞社）、八月『中島らものたまらん人々』（サンマーク出版）、十二月『恋は底ぢから』（宝島社）、『啓蒙かまぼこ新聞』（ビレッジプレス）を刊行。

一九八八年――昭和63年…三十六歳

十二月『中島らものぷるぷる・ぴぃぷる』（白水社）、『中島らものもっと明るい悩み相談室』（朝日新聞社）を刊行。

一九八九年――平成元年…三十七歳

三月『獏の食べのこし』（宝島社）、六月『僕に踏まれた町と僕が踏まれた町』（PHP研究所）、十一月『変!!』（双葉社）、十二月『お父さんのバックドロップ』（学習研究社）を刊行。

一九九〇年――平成2年…三十八歳

四月『ビジネスナンセンス事典』(リクルート出版)、八月『超老伝〜カポエラをする人〜』(角川書店)、九月『中島らものさらに明るい悩み相談室』(朝日新聞社)、十二月『しりとりえっせい』(講談社)を刊行。

一九九一年――平成3年…三十九歳

コピーライターとしての看板を下ろす。二月『とほほのほ』(双葉社)、三月『今夜、すべてのバーで』(講談社)、四月『こらっ』(廣済堂出版)、七月『西方冗土〜カンサイ帝国の栄光と衰退〜』(飛鳥新社)、八月『微笑家族』(ビレッジプレス)、十月『中島らものますます明るい悩み相談室』(朝日新聞社)、十一月『人体模型の夜』(集英社)、十二月『らも咄』(角川書店)を刊行。

一九九二年――平成4年…四十歳

「今夜、すべてのバーで」第一三回吉川英治文学新人賞・第一〇回日本冒険小説協会大賞特別大賞受賞。鬱病で大阪市立総合医療センターに入院。「人体模型の夜」第一〇六回直木賞候補。五月『愛をひっかけるための釘』(淡交社)、六月『なにわのアホぢから(新装版)』(講談社)、九月『じんかくのふいっち』共著・わかぎゑふ(マガジンハウス)、十月『中島らものばしっと明るい悩み相談室』(朝日新聞社)、十二月『僕にはわからない』(白夜書房)を刊行。

一九九三年――平成5年…四十一歳

「ガダラの豚」第一〇九回直木賞候補。三月『ガダラの豚』(実業之日本社)、五月『らも咄2』（角川書店）を刊行。

一九九四年——平成6年…四十二歳

「ガダラの豚」第四七回日本推理作家協会長編部門賞受賞。四月、マネージャーがわかぎゑふから富永智子（愛称バタやん）に交代。一月『中島らものつくづく明るい悩み相談室』（朝日新聞社）、八月『白いメリーさん』（講談社）、九月『永遠も半ばを過ぎて』（文藝春秋）、十二月『流星シャンハイ』写真家・糸川燿史氏との共著（双葉社）を刊行。バンド「PISS」再結成（長女の早苗、山内圭哉、前田一知らが参加）。十二月、アルコール中毒と躁病で大阪市立総合医療センターに入院。

一九九五年——平成7年…四十三歳

「永遠も半ばを過ぎて」第一一三回直木賞候補。六月十一日、「明るい悩み相談室」終了。二月『空からぎろちん』（双葉社）、六月『中島らものやっぱり明るい悩み相談室』（朝日新聞社）、十二月、劇団結成十周年の記録集&初の戯曲集（「人体模型の夜」「ベイビーさん」「X線の午後」）『リリパット・アーミー』共著・わかぎゑふ（角川書店）、『アマニタ・パンセリナ』（集英社）を刊行。

一九九六年——平成8年…四十四歳

リリパット・アーミーの名誉座長から平座員へ降格。一月『じんかくのふいっち2』共著・わかぎゑふ（マガジンハウス）、四月『訊く』（講談社）、九月『水に似た感情』（集英社）、『逢う』（講談社）を刊行。

一九九七年——平成9年…四十五歳

『永遠も半ばを過ぎて』が「LieLieLie」として映画化、監督は中原俊。七月『固いおとうふ』

（双葉社）、PISS 1st アルバム「DON'T PISS AROUND」リリース。チチ松村とのラジオ番組「らもチチ魔界ツアーズ」（JFN系FM）スタート。「世界・わが心の旅：メキシコ・グアテマラの旅～中島らも」（NHK・BS）放送。

一九九八年――平成10年…四十六歳
五月、マネージャー富永智子退職、大村アトムと交代。二月『その辺の問題』共著・いしいしんじ（メディアファクトリー）、五月『エキゾティカ』（双葉社）、十月『寝ずの番』（講談社）を刊行。

一九九九年――平成11年…四十七歳
四月『さかだち日記』（講談社）、六月『夢見るごもくごはん』わかぎゑふ・チチ松村・ひさうちみちおとの共著（双葉社）、『あの娘は石ころ』（双葉社）、十一月『砂をつかんで立ち上がれ』（集英社）を刊行。

二〇〇〇年――平成12年…四十八歳
五月『バンド・オブ・ザ・ナイト』（講談社）、八月『クマと闘ったヒト』共著・ミスター・ヒト（メディアファクトリー）、十二月、「らもん」名義で復刻版『全ての聖夜の鎖』（文藝春秋）を刊行。PISS 2nd アルバム「PISS FACTORY」リリース。

二〇〇一年――平成13年…四十九歳
劇団リリパット・アーミーから引退。向精神薬などの副作用で字が読めず、また、書けなくなり、口述筆記となる。筆記は妻の美代子さんが4Hの鉛筆で務めていた。八月、「オール讀物」で小堀純、大村アトム、長谷川義史と「中島らもとせんべろ探偵が行く」を連載開始。『ETV2001　シリーズ逆境からの出発：酒に呑まれた日々～中島らものアルコール格闘記』（NHK教育）放送。十月『とらちゃん的日記』（文藝春秋）、十二月『らもチチ　わたしの半生　青春篇』共著・チチ松村（講談社）を刊行。十一月から新宿ロフトプラスワンで鮫肌文殊、大村アトムとのトークイベント〝らもはだ〟を隔月開催。「らもチチの魔界クルーズ」（USEN）スタート。

二〇〇二年――平成14年…五十歳

二月のタイ旅行時、象に乗りノミに噛まれる。それがもとで、帰国後、足の腫れがひどくなり、肝機能の低下もあって二週間入院。四月末、マネージャー大村アトム退職、長男の中島晶穂と交代。二月『らもチチ　わたしの半生　中年篇』共著・チチ松村（講談社）、四月、小説『空のオルゴール』（新潮社）を刊行。六月、向精神薬の使用を中止。のち、四日目に目が見えるようになる。以降は自筆で書く。『世界で一番美しい病気』（角川春樹事務所）、十月、〝くたばれうつ病〟と銘打った闘病記『心が雨漏りする日には』（青春出版社）を刊行。十二月、「エンターテイメントはもう書かない」と宣言。

二〇〇三年――平成15年…五十一歳

二月四日午後二時三〇分、自宅にて大麻取締法違反などの容疑で逮捕される。初犯。二月二十四日、起訴。二月二十五日、釈放。拘置所暮らしの中で、二二〇曲もの歌詞を作詞。出所時、「日本全国民、ことに読者の皆様、出版社、知人、飼っている犬、猫、ハムスター……。伏してお詫び申し上げます。慚愧（ざんき）の念に堪えません。著書の中で日本では吸わないと公言していたのに魔が差して大麻を吸ってしまいました。自分をアメリカ式に五十六億七千万年の禁固刑に処します」と土下座。そして、報道陣にもらったタバコを一服吸い、「やっぱりタバコのほうが大麻よりうまい」と一言漏らす。その後、大阪市立総合医療センターに躁病治療のため、七十日間入院。そんな最中の三月、らもはだ本第一弾『イッツ・オンリー・ア・トークショー』（メディアファクトリー）を刊行。四月十四日、大阪地方裁判所にて初公判。ここで「大麻は、常習性はないし、人畜無害だ」と持論の「大麻解放論」をぶち上げる。五月二十六日、判決。懲役十カ月、執行猶予三年の判決が下る。八月、拘置所のなかでの数々の思いや体験を綴った『牢屋でやせるダイエット』（青春出版社）を刊行。二〇〇二年秋以降、躁病とともにヒートアップしたロック熱はとどまるところを知らず新バンド「MOTHER'S BOYS」を結成。八月三日、大阪・ハードレインでの初ライブで、拘置所で作詞した曲などを発表、大盛況に終わる。八月末、マネージャー中島晶穂が退職、長岡しのぶが引き継ぐ。十月八日、〃らも　meet　THE ROCKER〃と題した音楽ライヴシリーズ（全四回）をスタート。第一回のゲストは石田長生（第二回は大槻ケンヂ、第三回はムッシュかまやつがゲスト）。九月『休みの国』（講談社）、十月『ロバに耳打ち』（双葉社）、『〃せんべろ〃探偵が行く』共著・小堀純（文藝春秋）、十二月、ヒット芝居を小説化した『こどもの一生』（集英社）を刊行。

二〇〇四年――平成16年…五十二歳

二月、らもはだ本第二弾『ひそひそくすくす大爆笑』（メディアファクトリー）、六月、語りおろしによる自伝『異人伝～中島らものやり口』（KKベストセラーズ）を刊行。七月七日、〃らも　meet THE ROCKER vol.4〃開催。ゲストは町田康。七月十五日、神戸で行われた三上寛、あふりらんぽのライヴにギター持参で出かけ、飛び入り出演。終演後、三上寛と飲み交わし、別れたあと、翌十六日未明、神戸市内某所で酔っぱらって階段から転落。病院に担ぎ込まれたものの、意識は回復することなく、七月二十六日死去。死因は脳挫傷による外傷性脳内血腫。享年五十二。八月、転落事故三日前に脱稿した「DECO-CHIN」が『異形コレクション 蒐集家』（光文社文庫）に発表される。十月十四日、追悼イベント〝うたっておどってさわいでくれ～RAMO REAL PARTY〟開会（大阪・なんばHatch）。故・中島らもと交友のあった、横山ノック、ムッシュかまやつ、山口冨士夫、鮎川誠&シーナ、石田長生、チチ松村、町田康、大槻ケンヂ、ひさうちみちお、松尾貴史、古田新太らが大挙して集まり、多くのファンとともに賑やかに故人を偲んだ。ラストは中島らものオリジナル曲「いいんだぜ」を出演者全員で熱唱!! 午後六時過ぎから始まり終演が深夜十二時をまわるという大イベントだった。十月、中島らも原作の映画「お父さんのバックドロップ」（監督／李闘士男、主演／宇梶剛士、神木隆之介）公開。本人も散髪屋のオヤジ役で出演。十月、安部譲二、宇梶剛士、本上まなみらとの対談集『なれずもの』（イースト・プレス）、十二月、小説『酒気帯び車椅子』（集英社）を刊行。十二月末、中島らも事務所閉所。遺骨は二〇〇五年秋に夫人の中島美代子によって散骨された。

中島らも没後も著作は次々と刊行されている。追悼特集本・文藝別冊「中島らも」（河出書房新社・二〇〇五／二〇一二年に増補新版）、らもはだ本第三弾『中島らもの誰に言うでもない、さようなら』（メディアファクトリー・二〇〇五）、絶筆となった小説『ロカ』（実業之日本社・二〇〇五）、コピーライター時代の作品集『株式会社日広エージェンシー企画課長中島裕之』（双葉社・二〇〇五）、詩集とライヴ映像の合本『中島らもロッキンフォーエヴァー』（白夜書房・二〇〇五）、コント台本と笑いについての評論集『何がおかしい』（白夜書房・二〇〇六）。〝最後〟の小説となった「DECO-CHIN」を収録した短篇小説集『君はフィクション』（集英社・二〇〇六）、半生を共に生きたパートナー・中島美代子・著『らも〜中島らもとの三十五年』（集英社・二〇〇七）、単行本未収録エッセイ・対談集『ポケットが一杯だった頃』（白夜書房・二〇〇七）、エッセイ集『その日の天使』（日本図書センター・二〇一〇）、「こどもの一生」「ベイビーさん」を収録した『中島らも戯曲選I』（論創社・二〇一一）、『中島らもエッセイ・コレクション』（筑摩書房・ちくま文庫・二〇一五）、『中島らも短篇小説コレクション　美しい手』（筑摩書房・ちくま文庫・二〇一六）。

二〇一二年には短篇小説「クロウリング・キング・スネイク」「微笑と唇のように結ばれて」「仔羊ドリー」を映像化した「らもトリップ」（東京藝術大学／衛星劇場／アミューズ）が公開された。二〇一四年には、〝没後10周年イベント〟として命日の七月二十六日を前後して七月二十一〜二十七日の七日間「中島らもメモリアルWEEK」が開催された。作家活動はもとより、演劇、バンドなど多岐にわたった中島らもらしく、コントを交えたトークイベント、らも咄落語会、小説やエッセイのリーディング、原作映画の上映会、音楽イベントなどが大阪市内各所で行われた。主な出演者は、石田長生、町田康、大槻ケンヂ、鮎川誠、チチ松村、有山じゅんじ、ひさうちみちお、桂南光、桂雀三郎、升毅、松尾貴史、林英世ほか。この年、品切れになっていたPISS featuring RAMO NAKAJIMAが二枚組の「ON THE PISS」（発掘音源&映像つき）としてスカラベレコードより再発された。

（年譜作成＝中島らも事務所＋小堀純）

協力・ガンジー石原

【初出・所収一覧】（本書の題名および＊印の各章題は編者が独自につけたものです）

FOREVER DRIVE……………………『あの娘は石ころ』双葉社　一九九九年

I　初恋とほほ篇＊

よこしまな初恋……………………『愛をひっかけるための釘』淡交社　一九九二年
人はいつイクべきか!?……………『恋は底ぢから』宝島社　一九八七年
島原の乱……………『僕に踏まれた町と僕が踏まれた町』PHP研究所　一九八九年
石部金吉くんの恋1・2……『僕に踏まれた町と僕が踏まれた町』PHP研究所　一九八九年
筆談のこと……『僕に踏まれた町と僕が踏まれた町』PHP研究所　一九八九年
チョコと鼻血……………………『獏の食べのこし』宝島社　一九八九年
愛の計量化について……………『獏の食べのこし』宝島社　一九八九年
性の地動説………………………『獏の食べのこし』宝島社　一九八九年
出会いと別れについて……………『愛をひっかけるための釘』淡交社　一九九二年
私が一番モテた日……………『頭の中がカユいんだ』大阪書籍　一九八六年

II　恋愛の行方＊

恋するΩ病……………………『恋は底ぢから』宝島社　一九八七年

微笑と唇のように結ばれて……『白いメリーさん』講談社　一九九四年
黄色いセロファン……『寝ずの番』講談社　一九九八年

## Ⅲ　失恋むはは篇＊

失恋について……『貘の食べのこし』宝島社　一九八九年
やさしい男に気をつけろ……『貘の食べのこし』宝島社　一九八九年
恋づかれ……『恋は底ぢから』宝島社　一九八七年
あこがれの〝小〟娘……単行本未収録
灯りの話……『愛をひっかけるための釘』淡交社　一九九二年
恋の股裂き……『空からぎろちん』双葉社　一九九五年
サヨナラにサヨナラ……『愛をひっかけるための釘』淡交社　一九九二年
不能な恋……書き下ろし
LADY　A……『DON'T PISS AROUND』スカラベ・レコード　一九九七年

解説

# いつかした恋

室井《むろい》佑月《ゆづき》

疑うということはやたら面倒なことなので、好きか嫌いかという範囲外のことなら、そしてそれについてははっきりとした結果や結論が出ていないのなら、みんな信じることにしている。疑うよりも誰かが一生懸命に考えたことに乗ったほうが簡単だから。

ＵＦＯ研究家の平川陽一《ひらかわよういち》がいっていた。宇宙人が何万人も地球に住み着いていると。その中で金星人は一万人ほどで、金髪白人の超美形な男女なのだそうだ。あたしはもちろんＵＦＯのことも疑わない。そのＵＦＯ研究家は会ったことがないから良い人か悪い人かもわからない。よってあたしは彼のいっていることを信じている。

そしてこう思ったのだ。中島らもは金星人ではないな、と。では、なに星人なのだろうと。あたしがこの人は……と思った人は日本だけで九人もいる。らもさんのほかは、みなつき合っていた男達だった。つき合っている間、いっぱい楽しいことがあったような気がするし、いっぱいセックスもしたような気もする。でも別れてしまうと（実際は別れ話が出てきた頃から）、いきなりほんとのことっぽく思えなくなる。

宇宙人の男の子と原田知世が愛し合う映画を観たことがある。それに出てくる宇宙人の男の子は、宇宙に帰るとき彼女の心から自分に関するすべての思い出を消していった。あたしの場合、男が去ってゆくといい思い出は記憶から消え、イヤな思い出だけが記憶に残る。あたしが出会った男達は、原田知世と愛し合った宇宙人とはどうも種類が違うようだ。

つい最近、女友達と自分の専門ジャンルの男についてとことん話した。得意ジャンルの男ではない。専門ジャンルの男。どういうわけかおなじような男に惚《ほ》れて、おなじような失恋をしてしまうという話だ。

「あたしたちって真面目《まじめ》だから、一つのジャンルを攻略できないのに、別のジャンルに首を突っ込むような真似《まね》はしないのね」

ということで話はまとまったのだが。

一人の友達は病的なマザコン男とばかり出会ってしまうといっていた(姑《しゅうとめ》さんと揉《も》めては別れバツ2である)。一人の友達は禿《は》げばかりと恋に落ちるといっていた(禿げでなくとも徐々に薄くなり必ず禿げるらしい)。一人の友人はなぜか早稲田《わせだ》大学にかかわった男にばかり当たるといっていた(早稲田大卒六人、早稲田中退二人)。だからあたしがこの世に何万人かいる、狭い日本にどれほどの数がいるとも知れない、宇宙人とばかりくっついたって不思議じゃない。

らもさんとあたしは、過去に恋愛していたことが絶対にないのだろうか、と考えることがある。もしかするとらもさんは、原田知世と愛し合った宇宙人と同星人だということはないだろうか。

あたしのデビュー小説は、短編のアル中の女の子の話だった。らもさんの『今夜、すべてのバーで』に感動したからだった。こういう小説が書ける人になりたいと思った。毎年毎月毎日たくさんの本が出版されている。読書家でもないあたしが、どうしてらもさんの本を買ったのか覚えていない。その頃、小説なんてほとんど読んではいなかった。本なんてほとんど買ってはいなかった。なのに、一発でらもさんの素敵な小説に出会えたのは不思議だ。当たったのがつまんない本だったら、今あたしはこの仕事についていなかったはずだ。まるで、らもさんに関する思い出せない記憶がそうさせたようではないか。

あたしは必死でそれを思い出そうとする。中島らもという人は、いったいどういう人だったのか。なのに、噂《うわさ》を聞いたり著書を読んだりしても、ますますわからなくなるだけだ。

彼の創《つく》った世界は、書いている人の身体は透《す》けているんじゃないかとまで思ってしまうぐらい繊細だ。でもアル中で、薬中で、才能に溢《あふ》れていて、好き放題に生きていて、ふてぶてしそうで……。らもさんは『繊細』と『ふてぶてしい』、対極的な方面のいちばん端っこにいていちばん光っている。

この本、『世界で一番美しい病気』にこう書かれている。

『星空を見上げていると、この世の瑣末《さまつ》な悩み事などどうでもよくなってくるし、自分の生き死にさえたいした問題でなく思えてくる』

あたしも星空を見上げてそう思ったことがある。ほんの一瞬だけ。自分の小さい世界を動きまわることに必死だから。けど、らもさんはずっとそんなことを考えているように思えるのだ。いや、そんなことばかり考えているように思えるのだ。らもさんのことを想う時、あたしは自分がとても小さくなった気がする。普段、自分中心にまわしているこの世界が、なにかの衛星みたいなもののような気がしてしまう。誰かのちょっとした意志で消されたりするような。少し怖い。みんな怖いんだと自分にいい聞かせる。でも、そのみんなの中にらもさんはきっと入らない。だからなんだってんだ、とふてぶてしく笑うのが似合っている。けれどその後らもさんなら、はにかむように笑うのだ。そんな絵があたしの頭に鮮明に浮かぶ。まるで脳裡《のうり》の隅っこにそういう記憶があるように。らもさんと恋愛したことがあるみたいに。

『一人の現実の人間に出会って、しかもその人と恋におちることは、考えてみれば奇跡のようなことである。……中略……それは安定した永劫《えいごう》の「無」の中にあってはほんの一瞬の、おそらくは何かの手ちがいによって引き起こされた「有」の出現であろう。いわば、「不可能」と「不可能」との稀有《けう》な出会いが恋というものなのだ』

あたしも恋というものはそういうものだと思っていた。でもそれは、いつか、らもさんに聞いた話ではなかっただろうか。

『恋におちることは、つまりいつかくる何年の何月かの何日に、自分が世界の半分を引きちぎられる苦痛にたたき込まれるという約束を与えられたことにほかならない。……中略……だから、同じ空の下に想う相手が生きて住むことを幸せに感じ、その人が住んでいる「世界」そのものをも愛《いと》おしむ気持ちでいられる、片想いの状態にある人を見ると、うらやましく思ったりする』

あたしも別れが怖くてそう考えている。でもそれは、いつからもさんが教えてくれたことではないか。

『極端に言えば、恋愛というのは一瞬のものでしかないのかもしれない。唇と唇が初めて触れあう至高の一瞬、そこですべてが完結してしまい、それ以外は日常という散文への地獄下りなのだ。……中略……しかし、言い訳ではないけれど、こういうことなのかもしれない。もし誰をも愛していないとしたら、結局僕は「いない」のだ。闇《やみ》の中で、「想い」だけが僕の姿を照らしてくれているような気がする。それ以外のときは僕は一個の闇であり、一個の不在でしかない』

あたしも惚れた男の瞳《ひとみ》に自分の姿を確認する。でもそれは、いつからもさんがあたしの目を見て語ったことではないか。

『肝心なのは、想う相手をいつでも腕の中に抱きしめていることだ。ぴたりと寄りそって、完全に同じ瞬間を一緒に生きていくことだ』

あたしは、『「失われる側」としての自分を考え、生きているうちにあまり人から愛される存在であってはならない』なんてことを考える優しい宇宙人と、同じ瞬間を一緒に過ごしたことはなかったのだろうか。ただの水の袋のようなあたしは、見たこともない小さな針をさされたことはなかったか。

先月あるトークショーでらもさんとお会いできる機会があった。らもさんは『象に乗って足が腫《は》れ入院』という常人にはとても理解できない理由で突如欠席した。残念だ。

つき合っていたことがあるのではないかというのはあたしの幸せな妄想であっても、あたしはこれだけは訊《き》きたかったのに。

「どちらの星の方ですか」

『らも』という妙ちくりんな名前に、そのヒントがあると睨《にら》んでいる。

（小説家）

本書は二〇〇二年六月に「ランティエ叢書」として刊行されました。

「ランティエ叢書」の表記について

1…旧仮名《かな》づかいは現代仮名づかいに、旧字は新字に改めました。

2…送り仮名はなるべく原文を尊重《そんちょう》しました。

3…できるだけ読みやすくするため、漢字には適宜《てきぎ》に振り仮名《ふ》をつけました。

4…今日、差別的とされる語句や表現については、作品の発表された時代・歴史背景を考慮《こうりょ》し、そのままとしました。

ハルキ文庫

な 18-1

世界《せかい》で一番美《いちばんうつく》しい病気《びょうき》

著者 中島《なかじま》らも
編者 小堀 純《こぼりじゅん》

2018年2月18日第一刷発行
2023年4月28日第二刷発行

発行者 角川春樹

発行所 株式会社角川春樹事務所
〒102-0074 東京都千代田区九段南2-1-30 イタリア文化会館

電話 03(3263)5247(編集)
03(3263)5881(営業)

印刷・製本 中央精版印刷株式会社

フォーマット・デザイン 芦澤泰偉　本文デザイン 鈴木一誌
表紙イラストレーション 門坂 流



ISBN978-4-7584-4150-6 C0195 ©2018 Miyoko Nakajima
http://www.kadokawaharuki.co.jp/ [営業]
fanmail@kadokawaharuki.co.jp [編集]　ご意見・ご感想をお寄せください。